새를 쏘러 숲에 들다

윤택수 전집 01 – 시집

새를 쏘러 숲에 들다

초판 1쇄 인쇄 2016년 10월 15일
초판 1쇄 발행 2016년 10월 20일

지은이 윤택수

펴낸이 김연홍
펴낸곳 디오네

출판등록 2004년 3월 18일 제313-2004-00071호
주소 서울시 마포구 성미산로 187 아라크네빌딩 5층(연남동)
전화 02-334-3887   **팩스** 02-334-2068

ISBN 979-11-5774-537-1 04810(세트)
      979-11-5774-538-8 04810

※ 잘못된 책은 바꾸어 드립니다.
※ 값은 뒤표지에 있습니다.

디오네는 아라크네 출판사의 문학·인문 분야 브랜드입니다.

윤택수 전집 01

시집

새록새록
술에
들다

윤택수 지음

디오네

차례

2부　간통 시집

3부　박물지博物誌

1 부

새를 쏘러 숲에 들다

재난과 기아

나는 말한다
말로 구애하고 말로 사업하고 말로 반란 일으킨다
말하지 않는 자는 망자와 신분이다
정치에 관한 말 분배에 관한 말 절망에 관한 말을 하
면 그들이 노한다
그들은 노예의 말을 활용하지 않는다
말을 다루는 기술은 먹을 수 없는 새를 쏘는 기술이다
나는 말과 침묵을 버무린다
나는 불안하고 가냘픈 것들을 노래한다
일에 지친 자와 일이 없어 지루한 자에게 질문한다
나는 입을 다문다
거품 속의 대합은 어떤 전류에도 입 벌리지 않는다
말을 낭비하는 자는 여자와 예언자뿐이다
대지와 대기에 나는 증오의 말을 상감해 넣는다
그들의 등을 쳐라
아무 일도 일어나지 않느니보다 나쁜 일이 일어나는
편이 낫다

딸기의 계절

이것은 자루 같은 나무
이것은 접시 같은 나무
들에 딸기가 익으면
그대 모자 같은 나무는
구경하러 오라
흰 숲에서

나는 노래 부르며
상자를 들고 간다
그 속에는 딸기
먹고 싶은 이들은 사 가시도록
나는 딸기 장수
오월의 상인

숲에서 오는 길섶에는 오오
미나리아재비 금빛 장갑들이
그대를 맞이하리
보아라 이 날은

마을의 미루나무도
그림 같구나

딸기는 달고
그 맑기는 연한 차돌
숲의 나무는
자루같이 접시같이 또한 모자같이
어깨 위에 까마귀를 앉히고
발등에 개구리를 눕히네

개

나는
이 밤에
깊이 감상에 빠지고
제 감동에 겨워 전전긍긍 살아가는
시인이다
나도 때로는
격시를 쓰고
실망한 사람들이 용기를 얻는
힘찬 시도 쓰고 싶지만
적에 의해 가슴에 아픈 못이 박혀
철철 피를 흘려도
개천에 버려져도
나는 장엄하게 죽노라 호언하는
용자도 되고 싶지만
이 비 내리는 밤
문을 열고
울음 우는
병신 같은 시인이다

개새끼다
나는

세 가지 소원

내 고장의 것들을
상속받은 기술과 상상력으로써
내가 사용할 것으로
만드는 것이다

내 고장은
모래와 진흙과 석회와
일광과 구름과
소나무와 찔레 덤불과
구절초와
늦은 추위와
도덕과 관습과
책력과 문집과
소수의 불구자와
순결한 장남들과
적의와 사회주의와
설득하는 라디오와
시간과

기록할 수 없는 것들을
가지고 있다

나는 낫과 녹로를 다루는 기술과
볏짚을 털고 염료를 우려내는 기술과
풀덫 놓을 자리를 발견하는 기술과
일꾼들을 부리는 기술과
점치는 기술과
술 빚는 기술과
노래하는 기술을
상속받지 못했다

나의 연필
나의 공책
나의 책을 훔치는 기술과
나의 상상력

내 고장의 것들을

상속받은 기술과 상상력으로써
내가 사용할 것으로
만드는 것이다

쓸쓸한 날

내 노래가 꽃이라면
재 위에 놓아 흔들으련만

내 노래가 콩이라면
저녁때를 위해 맛을 내련만

내 노래가 병이라면
가슴에 넣어 앓아 보련만

다시 내 노래가 꽃이라면
언제까지나 내 노래가 기찬 거짓이라면

쐐기의 노래

눈이 와
토우와
사탕수수의 빈 잎사귀
우에
눈의 두루마기가
놓여 있어
집에 오니
아버지가 없어
아버지가 없는 집도
집이냐
소금으로도 똥으로도
갈앉지 않는
가슴속 뻐센 뼈는
그래 쐐기야
뒷숲의 설해목들이 눕고
먼 해명 모래의 눈썹이 서
쌀밥과 미나리국의
입김 내는 입들

우에
봐 신설이야

시든 꽃

네가 그에게 다가가
처진 가지에 손을 대는 순간
동계를 떨게 하는 옅은 향기와
빛이 채염되는 일방
잘못 슬쩍 치자마자 소리 없이 떨어지는
민감함을 알게 되고
한 사람에게 반한다는 것은
그가 가지는 악습과 병까지도 피하지 않겠다는
일종의 담대함이니
너는 그의 위상을 모르고
그가 서 있는 곳에서
아무런 서성이는 자를 발견 못 해도
드디어 드디어 겨울이 와
비로소 그의 가지에 손을 얹고
오 흰 눈이로군
지껄여 보라
어느 위대한 시대의 명예로운 분전도가
그보다 굳센 소리를 내는가

그의 유물이 콩이라면
너의 오염된 정액과
신이 쓰시는 방법으로
노래하라

온종일 숲 속에서

날이 흐리고
재 날리우고 사랑아
그대는 우르르 우르르 깃을 털어 내는구나
그대도 사실은
알고 보면 외로운 놈이라
이렇고 이래서 날이 흐리고
저렇고 저래서 재 날리누나 사랑아
이 땅의 우산 같은 사랑아
날이 흐리고 비 내리고
늦어 버린 기별같이 재 날리어 오네 사랑아
지독히도 외로운
그대

지난 여름 한 사람이
내 앞에 와서
늑대같이 주의하고
들국화 덤불같이
노래하누나

야속하다
사랑아

철쭉의 노래

철쭉 피네
들에는 딸기
칼 눌러 죽인 새
가슴 아피
철쭉 피네
어쩌나
철쭉만 보면
눈물나네
이 넝쿨 이 잎새
눈물나네

어디로 갔을까
나의 골무는
철쭉 그늘 비치어
새로 한 치마
이 치마 이 끈 두고
눈물나네
귀뚜라미 같은 사내

잠들어 숨 멎은 이 사내
끊임없이
눈물나네

철쭉 피네
피는 철쭉
눈물나네
딸기는 들에
새는 칼등 위에
있네
이 편지 이 전언
눈물나네
천지 사방
철쭉 피네

숨 튼 것은 다

당연하다
쥐의 눈은 슬프다
어디 쥐뿐이 아니다
명태의 눈은 슬프다
물 아래 무병명태
소리 없는 가을명태
이 별의 눈들은 슬프다
발톱 없는 눈 없다 모두 슬프다
내 눈을 쪼아 가는 방울만 한 방울새
사랑아 너도 슬프다
그 가을 부는 바람 쥐의 눈은 슬프다
접시 위에 놓인 명태의 눈은 슬프다
당연하다
그뿐이다

심홍빛 나라

들국화 핀 비탈이 보이는 날에는 편지 못 쓰네
무슨 상념의 거품이 닿은 솜털이여 가슴 뛰네

그 여름의 아가미의 스러져 가는 열망조차 낙엽 지네
오래오래 참아 온 눈물의 향기 스미네

아득한 나라의 추목秋木 가지에 놓이는 연흔漣痕이여
미치겠네
들국화 핀 비탈이 보이는 날에는 편지 못 쓰네

자작나무 이야기

우리의 어머니들이 희미한 숨결로서
쑥불 모이시는 나날 그 시듦의 노래들이야
그날의 소나무 관판에 미나리 푸른 줄기로 아로새겨라
언제쯤 늠름히 서지 못하여
우스운 이름한 꽃풀들이
우리의 어머니 그가 평생 입으신 당목치마의 어디에
이 나라의 자작나무가 잎새 틔우는 먼 영상마저
어이하여 이 저녁은 이마 환히 비쳐 오는 것입니까

허우대가 멀쩡하다는 미지의 자작나무여
누구였더라 우리의 어머니들의 빛나는 사기그릇의
콧날 우뚝할 어디에
직립하여 쏠려오는 바람 맞이하여 끝내 기억하여
이 나라의 자작나무 그 귀신 형용이었어라
언제라도 사무치는 죽지 않는 넋들이 기차를 타고
우리의 어머니 그가 전해 주신 봉숭앗빛 아련한 닻
줄을 내리는 그리로 가겠습니까

원통합니다
어이하여 이 저녁은 무릇 침침히 깊어지는 것입니까

빨치산 국화

이 피를 잠재우려면
십 년이 걸리리
십 년이면 되리
가을이 오면
국화가 피리

너의 이름을 어찌 부르리
이 땅 줄기나무에
등신 같은 새
어음 한 장 쓰지 않은
국화가 피리

너는 거부하리
틀림없으리
가을이 와서
국화가 핀들
소용없으리

이 피를 맑히려면
백 년이 걸리리
백 년이면 되리
총 한 번 쏘지 않은
백 년 국화리

다시 빨치산 국화

사진 한 장 없이
당신은 가고
가오리 한 잎 우짖지 않는 골짜기
당신의 그 골짜기
추우신 당신의 어깨

당신이 오리 당신이 오면
나는 아프리
가을 내내
오래 아프리
아프다가 죽으리

늑대 우네
과자를 굽자
늑대 우네
편지를 쓰자
늑대 우네

국화야
새 국화야
트럭 소리 먼 골짜기에
뉴스가 오느냐
아 끝없으리

마지막 빨치산 국화

추색 지는 나무 쳐다보네
은성하던 국화마저
일광 한 쪽 못 쐴 칼새마저 없네
보랏빛채 살얼음 망루를 흔들며
빈속으로 올 당신아

무슨 말을 하리
가을 죽은 어깨
잊혀진 나라
더러운 노래 부르네
들은 비고

어제의 국화나무
눈이 오기 전
굴뚝 없는 들에서
조상들의 뼈와 후손들의 가죽을
추리련만

그 새벽 총 쏘며 올 당신아
이 땅 침묵하는 뭇 숨과 넋이 있어
보이지 않네
국화가
우는지

새를 쏘러 숲에 들다

구절초 띠풀들을 부러뜨리며 갔다
가슴이 약한 예각의 새가 날아갔다
그는 돌 속에 부주의하게 앉아 있다가
내 이마를 탁 때려 주며 솟아오르는 것이다
여기까지 오면서
새똥 한 알 발견하지 못했지
총신에 온기가 쌓인다
먹지도 못할 새라며 내심 언짢아하시는 아버지의 말씀
이 쟁쟁해 오고
숲의 끝을 돌면서
무슨 놈의 새가 깃 스침이 그리 눅눅한지
집으로 돌아가서 책이나 볼 것이었다

혼자서 새를 쏘러 나서면
물소리도 적의에 차고 침엽거수도 쿵쿵 위협한다
구름마저 낮다
말과 개와 집요한 추적으로
이내 더러워진다

오늘은 말을 묶고 개를 저버리고
느릿느릿 숲을 옮아가지만
모두가 새들과 한패다
나뭇가지를 휘는 바람과
망자의 날의 박주가리 솜털도 축축하다
공중으로 총구를 잰다

새는 어리고
구우면 고엽같이 뼈째 부스러진다
버려진 농막에 엎드려
총탄을 세고
소매에 튄 피를 털어 내면
늦은 불면이 온다
직박구리 떼가 쳐 놓은 그물이
산오이풀의 어둠 속에서 떨고 있으리니
칼로 가슴을 째어 소금을 넣는다
새의 추억의 발목을 끊는다
아 너무 멀리 떨어져 있는 것이었다

글루타민산나트륨

지식은 규정 앞에 무력하다
소나무숲같이 규정은 아름답다
규정은 무겁고 벅차다
규정은 댐이다
규정은 내부의 가시 가지다
귀 오므려 뼈의 잠조차 빨아들이는
규정의 사랑은 잠잔다
규정이 자유라고 규정하면
자유는 발언한다
규정의 자유는 푸르다
명태같이 쓸쓸하다
규정은 추억한다
아들이여
여기 우는가
어디가 아파서 여자같이 징징거리는가
느닷없이 습격해 와서
두루마기를 흔드는
먹을 수 없는 새들마저

기웃거린다
나는 규정한다

달콤한 징벌

시인의 죽음을 어찌 달리 말함은
야구선수의 죽음을 어찌 달리 말함과
아무 관계가 없다
책사와 도요와 야구장이 있는 읍의
코르크나무와 코르크나무의 커브에
눈이 내리면
폭음에 당황하지 않는 자들과
물레 하는 자들과
우산을 편다
괜찮다면 설선이여
곡물가루 내는 체와
소금 굽는 시루와
딸기와 버섯과
사용해 버린 시간들의 종 모양의 우산 모양의 미나리와
다시 괜찮다면 설선이여
시인의 죽음 위에 넙치 가죽을 쪼개 놓는다
야구선수의 죽음 위에 넙치 가죽을 쪼개 놓는다
설선이여

성찬의 말씀

짐승들아
뚫던 돌 두고 오너라
쪼던 낟알 감추고 오너라
아들 없는 짐승이
죽어 몇 근 편육 남기고
오디나무 아래 누워 숨 없으니
치워야겠다
기념으로 눈을 빼서 말려 먹을 짐승은
술값 들고 오너라
흰 뼈는 날카로이 구강 찌르고
저미어 소금 뿌린 시간이여 향긋해라
돌 뚫어 낟알 갈아 떡 찌어 두고
오디나무의 피륙 눌러 지내는 제사 잊음이라
아들 있는 짐승들아
혀 밑의 꿀같이 결혼시켜라
어깨 위 춤같이 공부시켜라
사랑하는 짐승들아

구리

사랑할지니라
안개에 휩싸인 고원의 나무들이
빛을 경모해 그들의 가지와 잎사귀들을 하늘로 쭉
뻗치듯이
폭풍 부는 여름 저녁
저지에서 내가 밀짚 대롱으로 아이스크림과 귤즙 따
위를 빨아올릴 때
찬 고산기후 속에서
뱀장어들이 낄낄거리며 웃었느니라
혹은 고독하게 울부짖었느니라

아아 사랑할지니라
어떤 나무는 한곳에서만 능히 수백 년을 불평 없이
살거늘
그의 팔에 사나운 새들이 굴을 파고
그 샅과 노대에는 잉크 꽃들이 놀랍게 피어났거늘
유랑의 무리들아 아느뇨
구리 나팔 부는 반역의 무리들아 아느뇨

나는 무위도식하는 자
천하에 없어도 괜찮은 찌꺼기이니라

진실로 진실로 사랑할지니라
내 부탁하노라

꽃향기의 바다 꽃향기의 암초

하고많은 꽃잎들마다
일일이 방독면을 해 줄 수는 없는 일이다
우산을 씌워 줄 수도 없는 일이다

그해 사월은 날들이 청명하고
서해 바다를 건너온 황사도 뜸해서
창밖 손수건만 한 풍경 속에서
당신들은 정물처럼 앉아 있거나 서 있거나

내가 아는 당신은
『한국통사 韓國痛史』나
『염수치유법 鹽水治癒法』 같은 책들을
겨드랑이 깊이 끼우고 있는데

날이면 날마다 노래도 못 하고
고개 끄덕이거나 가로젓거나
눈 꿈뻑이거나 반짝이거나
밤이면 흉몽에 시달리고 새벽 일찍 깨어

알코올의 꿈 떠다니는
지천으로 널려 있는 꿈이야 자유러라
어느 하루 비 퍼붓고 낮잠 깬 오후 몇 시쯤
당신은 소멸같이 자고 있어라

피의 빛깔 꽃잎들 지면서 비늘 떨고
낱낱의 화판들에 아로새기인 사연들이여 또한 떨고
나는 어째 등이 가렵다

머나먼 통의 노래

1
사과나무와 산포도나무에서 뽑아낸 종이 위에
시를 쓰고 싶었노라
정결한 감리교회 사람들과
산뜻한 부랑협회 회원들의
어느 쪽에도 드나들지 않고
막 피어난 봉숭아 줄거리가 흔들리는 접시 위에
음표를 찍고 싶었노라

2
통이 되고 싶다
나무판자의
양철의
너의 이름이 무엇이냐
하고 물으면
통이어요
대답하는 통
통이 되어

안에 담고 싶다
참깨의 기름
한 알의 참깨 안에
심지는 노래하고
심지가 내는 빛이여
고래의 기름
꿈과 반성 끝에 이룬 자유의 그물이여
돌의 기름
불이여
우리들 살림의 아침과 저녁마다
구워 먹는 감자의 소금의 기름
내일의 기름
내일의 트럭이여

모두 담고 싶다
너의 이름이 무엇이냐
하고 물으면
통이어요

대답하는 통이여
통이 되고 싶다

3
모두들 잘 있어라
학교가 끝나면
시인이 되고 싶노라
사랑과 평화의 아득한 대지 너머
가수가 되고 싶노라

아주 잘생긴 늑대 한 마리의 노래

사랑하는 늑대야 너는 돌과 장미의 미혼의 나날이고
늑대야 그늘과 거품의 낮이 지나고

어찌 그 지붕 아래 쌀을 끓이는 너는 푸른 바지를 입
었어도
생각은 끝없고 무우국과 그 여윈 발등의 떨림에 대한

유월이 와서 너를 위하여
한 마리의 아주 잘생긴

별곡 3

그해 여름의 울산은
담장을 넘어 뻗쳐 크느니 석류나무의 석류 열매 그
푸르고 신 날들이느니
월세 몇만 원 하는 구석진 방에 들어
웅크려 자는 청춘들아
명일 아침 일하러 가는 용접공들아
먼 고향은
벼논이 잠기고 오이막이 흐너지는 폭풍과 맹우의 징
벌의 나날이여
늦은 시간 깨어 있어 느릿느릿 하는 참회이어니
선생께서는 어디로 가려시는가
풍산금속이나 대창산업이나 어디라도 가노라느니

그해 여름의 울산은
침잠의 뻐쓰와 침묵의 노동조합이여
라디오 뉴스를 들음이여
잘못하여 뉘우치고 잘해서 추억함이여
무슨 큰 사랑인가 대학 못 간 청춘들아

빨래도 마르지 않고 자꾸 눈물나네 용접공들아
편지도 오지 않고
인생 같은 봉숭아 꽃잎이 시드누나
어깨에 내리는 구름의 그늘 그 어둔 무늬 아래서
우리는 발톱이 깨끗한 사람의 나라가 그리웠구나

하느님 당신은 용접공이십니다
찢어진 둑들을 때우시고 비인 가슴들을 때워 주소서
우리의 욕심을 태우소서
아멘 청춘들아
아멘 아멘 용접공들아
선생께서는 어디로 가려시는가
명일의 명일 하늘빛 트인 그날이 오면
그해 여름의 울산은
침몰하라 침몰하라 누구라도 공평하게 소리치며
맑은 빛 하나씩의 작은 우산을 펼쳐 쓰고 일하러 갈
거나 그럴거나

응원가

화덕을 닫았느냐
모루를 꺼냈느냐
더러워진 속옷을 입고
너는 앉아 있느냐
세상에서 제일 예쁘고 씩씩한 엉덩이로써

너는 옷장을 가졌느냐
두 뼘 갸웃 민주적인
여름 옷장을 펴면
수정 냄새 유황 냄새가 나느냐
농구화 냄새가 나느냐

내일이면 끝나리라 끝나서
돌아가서 긴 잠 자리니
화덕과 모루와 미모사 화분의 바리케이드 아래
너의 숨소리 너의 발길질 어찌 고르지 않겠느냐
쳐들어갈 시간이다 지금은 애인아

지면 안 되는 일이 있고
이겨서 외로운 일이 있어
차비가 없어도 면회 가지 못하는
털게의 무리는 너의 편이다
너는 슬프냐

감포 감포

우리는 우리의 땅을 너무 섬세하게 경작하는 것이 아닐까

시냇물 한 흐름 모랫벌 한 뻗침 섶나무 군락 한 솟음 들에

의연하고 산뜻한 이름을 부여하는 일은 우아한 짓이면서

역사는 땅에게 밧줄을 주고 땅은 역사에게 피를 준다

어디를 가면 더러운 추억을 털어 낼 수 있을까

겨울 저녁 감포 가는 뻐쓰는 잠바 입은 쥐가 춥다

그때 나는 일 학년이었으며 오월의 들을 기며 딸기를 땄다 아들아

아 무릎 시려라 남도는 딸기들이 다 물러 버리네

풀물 스민 흰 종이 위에 오월의 평화를 예찬했다 아들아

감포는 칼치들이 아가리 딱딱 벌리고 우는구나 쌀밥 달라고 우는구나

내가 이름 부르는 모든 사랑들은 시들어 버리지만 사랑이여

나는 촉새이고 돼지이고 똥이고 쥐이다

누가 나의 뺨을 쳐 다오

나의 가슴에 죽창을 찔러 다오

아들아 딸년들아 먼 지리산과 먼먼 무진주의 학살의
애틋한 비늘들이 우리 질긴 가죽 위에 찍히는 날이 온다

칼치들의 헐어버린 어깨들이 새파랗게 아물어 기특
해라 아스팔트 길 꽃피는 날이 온다

보아라 저기에 저기에 아아 또 저기에 볏짚 제웅들
이 다 일어선다

우리는 우리의 땅을 너무 섬세하게 경작하는 것이
아닐까

상사화의 노래

상사화 잎새는 검이다
상사화 한 대궁이 삐져나오는 소리는 없다
상사화 꽃빛채가 얼마나 연한 파스텔조인지 누가 모
르나
상사화 피고 지는 날은 구름마저 머뭇거리어
잘빠졌다 상사화야

첫 바다

누군가에게 설명을 해야만 한다 나는 모든 책을 읽었노라

내 사랑하는 열망의 나라의 징벌의 부엌에 누우신 춥고 우쭐하신 토우들이시여 용서하소서

사과와 상수리나무의 시절은 지나고 어깨가 부드럽고 등이 싱싱한 청춘들은 스러지고

눈빛 맑고 호흡 연한 우수와 뇌우의 바다에 이르렀노라

낙타를 한 마리 치고 싶었지 그의 숨결을 교감하여 염결한 영혼으로 침몰하리니

사막 없이 낙타 없다 고엽마저 지고 낫질 소리 끊기고 이 건초에는 독침이 들어 있어 조심해 떨지 마

집어쳐 집어쳐 나는 무엇을 참칭했는가 낙타는 없는가 나의 돛새치는 어디 갔는가

무인도는 없노라 빙하는 없노라 리트머스이끼는 없노라

오 민족들의 잎새여 내가 저버린 나라의 아침 문물이여

가마우지 푸른 뼈 풍랑 도구 자유여

누군가에게 설명을 해야만 한다 나는 모든 퀴즈를 풀었노라

늦어도 십일월에는

십일월이 오면
대지의 물산들이
각자의 상자 속으로 들어가
어디론가 운반되고
우리는 보이지 않는 곳에서
소리 없이 운다

십일월이 오면
숲과 굴뚝 사이
낮은 지붕 아래에
죽은 이들이 온다
새들과 개들의 원격지에
새 눈이 내린다

십일월이 오면
눈썹과 이마의
검은 눈은 떨리고
우리나라 어느 고장

애인들이 피 흘린 곳
도라지꽃 피고 진다

금강산 포수

금강산 포수 이야기를 해 줄까
쌀독이 비어도 샘물이 얼어붙어도 걱정 없는 부엉이
부엉이도 잠잠해지고
앞강의 고기 새끼들도
새파란 미나리 줄거리를 베고
숨소리 여릿여릿 눈을 감아서
이불 밑 깜깜한 겨울밤에
대전 사시는 할머니가
낮으신 음성으로 들려주시던
그렇지 아빠가 민우같이 어렸을 적에

옛날
그렇다고 먹물빛같이 까만 옛날은 아니고
육혈포 화승총 같은 것들이 쿵쿵거리던 시절이라니까
지금부터 백 년이나 구십 년쯤 전에

강릉 원주 강원도 강원도 땅 어느 곳에
모르기는 해도 김화나 창도쯤 그 어디쯤 거기에

포수가 한 명 살고 있었지
이름은 몰라 이름은
중요하지 않으니까

그이는 호랑이 포수였어
시시하게 멧돝이나 얽는 포수였다면
이야기에 나올 리도 없지
단 한 큐에
호랑이를
쿵
쓰러뜨리고는
이깔나무숲 사이로 사라져 가는
금강산 포수

그이는 어느 날
그이의 아내에게
이 길로 산에 드오
말하고는

금강산으로 갔어

금강산은 어떤 산인가
수정능선이여 암흑계곡이여
세상 모든 허튼 자들이 차례차례 숨어들어가
　중이 되어 도둑이 되어 드문드문 우렁우렁한 슬픔의
귀신이 되어
　하나씩의 구덩이마다 하나씩의 구름똥을 누는 산이여
협궤열차 타고 가는 추억의 고구려의 산이여
아 하고 눈뜨면 끝내 눈이 머는 산이여
그이는 그리로 갔어

금강산으로 간 포수는
일 년이 지나도 돌아오지 않았어
금강산으로 간 포수는
이 년이 지나도 돌아오지 않았어
금강산으로 간 포수는
삼 년이 지나도 돌아오지 않았어

생각해 봐 민우야 금강산으로
간 포수는 십 년이 지나도 돌아오지 않았어

시간이 무엇인가
꽃잎이 이울고 새들의 깃이 접히는 그늘
긴 시간은 무엇인가
이운 꽃잎이 돌이 되시고
새들의 깃에 싹이 돋아 꽃대가 올라오시는 어둠
그러면 십 년은 무엇인가
십일 년 십이 년은 무엇인가
무엇인가는 무엇인가
무엇인가는 무엇인가는 무엇인가

포수는 집을 잊었나
타관의 풍습과 법률들 그 재와 꿀에 취했나
포수는 호랑이를 쫓고 있나
호랑이는 호랑이 십삼 년 십사 년을
하루아침같이 하룻밤같이

어찌어찌 녹슨 총을 쏘지 못했나
포수는 죽었나
어느 외롭고 후미진 산등
한 떨기 감국이나 구절초 아래 떨고 있나

아이가 있었어
포수의 아이
아비를 닮아
말이 없고
아비와 달리
시를 외는
아이는 어느 날
어미를 보고
저 가요
말했구나

어미는 문을 닫고
아이는 기다리고

어미는 문을 열고
아이는 기다리고
어미는 흰빛 보자기를 펴고
아이는 일어서고
포수의 아이는
포수의 아이
뜬 눈으로 보아도 감은 눈으로 보아도
쌀 한 톨 영락없는
아비의 아이

지혜의 이마
풋풋한 눈썹
고요한 눈
불굴의 콧등
다문 입
밝은 턱
질긴 목
우쭐한 어깨

대기의 가슴
끌 같은 엉덩이
꼭두서니 매운 무릎
드높은 발

아이는 포수
아이여도 포수
어린 포수
일어나라 포수

각반 차고
총을 메고
금강산으로
갔구나

2부
간통 시집

수정의 못을 빼어

원추리 창포 호밀 박주가리넝쿨 빛남이여
아무리 노래해도 소용없을 것이여
무릎이어도 목덜미이어도 부신 깃의 어깻죽지이어도
이 비겁한 허튼짓이여

처음부터 수정이었는지 모르는 못이여
수정이든 무쇠이든 버들껍질 굳힌 것이든 상관없음이여
수정이라면 좋으리라는 것이여
수정의 못이 어느 의도의 장력으로 가려운 것이여
빼어 버리고 말리라 휙휙 던져 버리고 말리라는 것이여
노래도 못 하고 숨도 못 쉬고 죽도 못하는 나의 것이여
수정의 못이여 관짝에 와 닿는 것이여
그 추운 사내의 손바닥 운하에 와 부딪는 것이여
원추리 창포 호밀 박주가리넝쿨 빛남이여
아무리 노래해도 소용없을 것이여
무릎이어도 무릎이여 무릎의 꺾임이여
목덜미 어깻죽지이어도 목덜미 어깻죽지여 그 내림이여
이 비겁한 비겁한 허튼짓이여

찬밥의 노래

우리가 여뀌 잎새같이 조붓한 고물에서
마닐라 삼으로 꼰 스무 발 남짓한 줄 끝에
계집애 귀만 하고 또 그처럼 섬세한 낚시를 달고
등 감푸른 고등어 이감으로 너를 꼬실 때에
참치야 너는 어디로 놀러 가다가
어림없는 고깃점에 눈독을 들였느냐
그 새벽 너를 끌어올렸던 첫경험은
완전하게 둥근 키쓰처럼 싱싱했구나
왼손으로 눈을 가리고
오른손 주걱으로 너의 골을 파면서
우리는 바다의 기침 소리를 들었다 쫑 쫑 쫑 쫑 쫑 쫑
너를 안고 뒹굴면
깨끗한 씹마루의 뻰치물림처럼 슬펐다
우리는 뿔뿔이 흩어졌고
시궁쥐처럼 부끄러웠고
너는 입만 쩍 벌리고 배 밑 어둔 시렁으로 기어갔다
참치야 너는 추웠느냐
빛싸라기 뿜던 너의 꼬리깃은 저 혼자 너의 마을로

헤엄쳐 갔다
　너의 질긴 부레는 꺼지고
　여우처럼 따뜻했던 너의 요드 향기 궁금한 주머니
속 홀씨즙은
　어느 꽃무늬 진 사랑으로 남았다
　콩넝쿨 한 줄기 흔들리지 않는 바다의 발꿈치는 쑤
시고
　우렁우렁우렁우렁 우렁우렁우렁우렁
　우리가 고래와 투구게의 길을 지나
　물옥잠화 꽃모가지 휘며 휘며 맨밥 먹는 때마다
　참치야 이놈아
　아빠다 너를 잡은 찬밥이다

설탕의 테제

삼림이여 수지를 뿜고 코르크를 쌓으며 오존 속에
드러누워서
다시는 안 보리라 자루 메고 그리로 가면
삼림이여 수지를 굳히고 코르크를 새들에게 뜯기고
오존 속에 드러누워서
뭐 하느냐 뭐 하느냐

삼림이여 우산이듯 자전거이듯 쓸모없이 이끼 디디
고 서서
다시는 다시는 안 보리라 자루 메고 그리로 가면
삼림이여 우산의 지붕이며 자전거의 발판이며를 새
들에게 빼앗기고
정말 쓸모없이 이끼 디디고 서서
뭐 하느냐 뭐 하느냐

미모사나무와 사탕단풍나무들이 펭키 향기를 내며
있다
새들이 쪼으러 와서 깃에 칼라 문신을 넣고 날아간다

그 깃을 빼어 들여다보면 꼭두서니 빛채의 살점들이
붙어 있다
　쏘아라 빠께쓰들아
　쏘아라 쏘아라 드럼통들아 드럼통 속의 게 껍질들아

　삼림이여 이 병신아 뭐 하느냐

가오리 아싸 가오리

프랑소와즈 사강의 『영혼의 푸른 상흔』을 보고 난 새
벽에
　가오리들이 누워 있는 어시장을 지나왔다
　사강이 쉰 살이라던가 쉰한 살이라던가
　베르나르 뷔페와 함께 겨울 나무의 빗자루 같은 산
문을 쓰고
　마약과 도박과 풋풋한 감성이 깃든 토론과
　남녀평등주의자 낙관론자 가짜 사회주의자 독신주의자
　어디에선가 사강은 산뜻하게 지껄이더라만
　시간과 공간 자체가 우리에게는 이미 사치인 것을
어쩌고
　지중해변의 낡은 별장과 돛이 찢어지지 않은 범선을
저쩌고
　나는 파산했어요 일본제 하이파이를 하나 사고 싶은데
　빈털터리랍니다 하면서 자유인인 듯이 사강
　그는 상상력이 말라 버려서 앞으로 칠 년이나 더
　프랑스와 프랑스 인민을 위해 고용되기에는 벌써 지
쳤노라고 몰아붙여서

드디어 드디어 노동자와 문인과 무기생산업자를 위
한 고용인이 된 그를 위해서
　옹호하는 칼럼을 쓰고 인터뷰하는 사강 사강
　그 시절 클뤼세라는 희극배우가
　창녀 뚜쟁이 하급관리 실업자 유대인 동성연애주의
자들아 모여라 하면서
　마찬가지의 일에 몰두했음을 아는 사람은 알거나 모
르는 사람은
　사강의 『영혼의 푸른 상흔』을 보고 난 새벽에
　가오리들이 가오리 가오리 누워 있는 어시장을 지나
왔다
　사강은 쉰 살 아니면 쉰한 살의 그 이웃 나라에서
　송충이를 그려 붙이고 뜨개질을 하면서
　시내와 황야를 능욕하지 말자는 노래하는 사람을
　사강아 어떻게 생각하는지
　평범한 사람들의 게으른 꿈과 마침맞는지 마침 안
맞는지 식사 꾸밈으로
　헛된 오기와 청징한 예찬으로 일렁거리는

정채봉의 동화나 윤후명의 『모든 별들은 음악소리를
낸다』를
　섬세하게 독서한다는 오늘날의 조그만 『영혼의 푸른
상흔』을 보고 난 새벽에
　가오리들이 오오 아싸 가오리들이 누워 있는 어시장
을 지나왔다

감나무 밑에서 부르는 노래

감꽃이 떨어지면 감꽃을 주워 먹고
땡감이 떨어지면 땡감을 우려 먹고
물렁감이 떨어지면 모래를 털어 먹고
먹감이 떨어지면 너나 먹고 떨어져라

고른 숨결의 사랑 노래

당신은 저가 싫다십니다
저가 하는 말이며 짓는 웃음이며
하다못해 낮고 고른 숨결까지도
막무가내 자꾸 싫다십니다
저는 몰래 웁니다

저가 우는 줄 아무도 모릅니다
여기저기 아프고
아픈 자리에
연한 꽃망울이 보풀다가 그쳐도
당신도 그 누구도 여태 모릅니다

머지않아 당신은 시집을 가십니다
축하합니다 저는 여기 있으면서
당신이 쌀 이는 뒤란의 우물가에
보일 듯 말 듯한 허드렛풀 핍니다
마음 시끄러우면 허드렛풀 집니다

저는 당신의 친구입니까
저가 하는 말이며 짓는 웃음이며
하다못해 낮고 고른 숨결까지도
막무가내 자꾸 친구입니까
저는 몰래 웁니다

끝없는 이야기

이 책상은
슬픔의 시절의 어느 아침에
팥잎이 이슬 씻는 어느 아침에
할머니가 나무 장사를 해서
사다 주신 책상

이 책상에서
기쁨의 시절의 어느 아침에
팥꽃이 바람 쐬는 어느 아침에
아빠는 할머니 이야기를
쓰기 시작했지

책상 다리가 주저앉으면 다 쓸까
이무기돌이 좀먹으면 다 쓸까
어금니 뿌링이가 삭으면
두더지소금이 썩으면
별들이 늙으면 다 쓸까

이 책상은
슬픔도 기쁨도 아닌 아침에
팥죽을 쒀 먹는 어느 아침에
할머니가 사다 주신
이 책상은

버찌의 노래

살구란 놈은
맛이 더디 들어서
산 무릎 버찌숲
버찌 따러 갔네

버찌란 놈은
바람둥이 윙윙
손등에 뺨에 잇몸 잇몸 잇몸에
단물 스몄네

열네 살 먹은 놈은
버찌 먹다 싱긋
들 지나 바다에는
고래들이 왔네

버찌란 놈은
왼손잡이 뻣뻣
새로 올린 시렁 위에

등불 맑게 켰네
살구란 놈은
맛이 더디 들어서
산 무릎 버찌숲
버찌 따러 갔네

간통 시집 1
— 노간주나무 노간주나무

눈이 왔다
그 너울을 뚫고
노간주나무들이
숨죽인다
허우대 멀쩡한
노간주나무
짜랑짜랑한
솜털 일렁이는
노간주나무
오지 않는 편지 기다리고
추억의 외로운 노래 부르고
황폐해져서

간통 시집 2
— 미장이와 가수

나는 미장이
가수를 사랑한다
가슴이 시고
석회의 흙칼에 비치는
고들빼기는 청명하다
군대도 갔다 오고
학교도 끝나 간다
전기와 종이를 낭비하며
채보하련만
고들빼기는 고들빼기
눈 속에
떤다

간통 시집 3
— 주유소

기록하고 보존하는 일에
등한했다
몇 미터의 소멸의 책을
한 철에 읽어 버렸다
연보라색 지붕을 인
주유소에서
새들도 먹지 않는 열매를 맺는
나무들이 말없이
굴절했다
나는 놀고먹었다
쓸데없이 눈만 쓸었다
아아 편지만 온다면

간통 시집 4

— 말벌

임간지의
달콤한 공중에
말벌은 집을
틀었다 결혼도 못 하고
씹도 한 번 못 하고
요절한 그는
썩었을까
집요한 여우는
잠의 뼈를 보았을까
말벌의 집 창 너머
아무도 없는 시간이 쌓인다
눈이 부시다

간통 시집 5
— 봄

그가 왔을 때
나는 다른 곳을 보고 있었다
내가 손을 건네자
그는 작고 약한 짐승처럼 으르렁거렸다
잘 가라 내 가슴에 와
오래 놓여 있던
사랑아
멀리에서
봄이 오고 있었다
눈이 그쳤다
새를 쏘러
산에 간다

데미소다 익스프레스

패밀리마트에 간다 참한 청춘 만나러
새벽 목덜미 풀물 냄새
중앙일보를 산다
명쾌한 요약과 결연한 일반화와
어둡고 따뜻한 전망
나는 데미소다 애플을 좋아한다
그 아이들이 굶주린다
남한과 중국과 일본과 미국에 봄이 온다
나는 데미소다 애플을 좋아한다
산복숭아 피어나는 더퍼리공원에 간다
자신에게 집착하지 말라며 그가 운다
남 마음 상할까 봐 말도 잘 못하는 사람이 있다
나는 데미소다 애플을 좋아한다
준수한 남자와 착한 여자가 어려운 체위로 오래오래
섹스한다
고요하고 음란하다
카프리 마시러 소화에 간다
쥐들이 우는 골목을 지나 목욕탕에 간다

가슴 저린 오얏 향기의 시절을 기리는 노래

그날 그가 내게 말을 걸었다
너였구나 여릿여릿 조그만 넋이
나는 두리번거렸다 누가 그의 말을 들었을까 봐 떨면서
그가 웃었다 무구하고 호젓한 울림
눈 감지 마 너와 나는 서로 움집이야
나는 너를 감췄다

가슴에 검고 굳은 뼈가 서기를 바랐으나
내 몸 어딘가에 돋은 점막에
입김 호호 불 듯이 나는 그를 사랑했다
그가 웃었다 씨앗을 쪼는 울새처럼
나도 기뻐 너와 나는 스몄어
나는 너를 숨겼다

자제와 신의를 저버린 나라가 있으니
비탄과 열정에 휩싸여 그 아침이 오시면
그를 닮은 아들을 낳아 삼나무처럼 거만하게 키우리라
그가 웃었다 내 어깨에 이슬 맺힌 그의 잇자국.

잘 지내 너와 나는 함께 엔진이야
나는 너를 훔쳤다

분류와 명명에 대하여

1
딱히 쓸모를 찾아내기 어렵지만
좋아하는 물건이 뭐냐는 물음에
맥가이버 칼이라고도 하고
순돌이 아빠 칼이라고도 하는 그
야무지고 섬세한 스위스 칼을 들먹거리는 피터 그리
너웨이에게 나는
공감한다
사실 딱히 어쩌고 하는 말뿌리에는
그가 만든 영화들의 쓸모없음에 대한 빈정거림과 그
러함에도
그가 만든 영화들을 좋아하는 얼간이들이 없잖다는
아무튼 재미있는 현실에 대한 모종의 커뮤니케이션
이 묻어 있었는데
그리너웨이는 시침을 뚝 떼고서 스위스 칼이라고
송곳 하나를 들이미는 것이다
짜고 치는 고스톱도 있으니까 아니
모든 고스톱은 짜고 치는 거니까

까다롭게 굴지 말자구 그러므로
지문 찍듯 인정한다 스위스 칼은
책이나 부식판화나 눈보라 치는 부두보다 더
정신적이다 뭇 쓸모들이
자지 꼬느고 서 있는 토대로서의

2
국군의 옷가지들이 국방색인 것은
국방색 물감이 그중 헐한 탓이다
그 하사는 국방색 바지를 입어도
닉스 청바지 입은 청춘처럼 매혹적이었다
이 참에 하는 고백이지만 나는 언젠가
닉스 청바지 입은 청춘을 발견하고서
잠자코 그의 뒤를 밟은 적이 있었다 그 따뜻하고 충
만한 시간이여 하사는
백골부대 신병교육대 십육중대 사소대의 내무반장
이었고
총검술 조교였다

하사는 하사로서 이미 완성된 계급이다

하사는 국군의 허리이다 그러므로

하산하거라

여기서 총검술에 대하여 살펴보자면

혼자 하는 섹스처럼 담백한 개인 휴대탄 촉발사 시
스템의 첨두에

과도 같기도 하고

은장도 같기도 하고

실망한 이들에게 용기를 불어넣는 식칼 같기도 한 저

스위스 칼이 지니는 무용성이 무색할 칼 하나를

찰칵 결

합하여 교범과 본능이 일러 주는 길을 짚으며 누군가를

찌르고 베고 도려내는 기술적 동작 혹은 동작적 기
술 일습으로서

그의 품세는 단정하고 우아했다

나는 그가 뿜는 빛살을 빨아들이고 싶었다

저를 한 번만 쳐다봐 주신다면

시키시는 대로 하겠나이다 사랑아

순수모순의 넝쿨장미 은빛 그 그늘 아래서
나는 울었다
감국이 피었다가 이울었다 나는
기억한다 아름다운 하사의 마지막 말을
총검술은 무식하게 하라 이상 교육 끝
나는 알았다 그 매혹의 우듬지를
무식하면 용감하다
나쁜 놈이 성공한다
우리는 모두 나쁜 놈의 더 나쁜 아들의 가장 나쁜 손자의
좆물 방울로부터 왔다

3
남쪽 섬 늙은 땅 킴벌리 벌판에는
여섯 범주로 세상을 보는 아보리진들이 산다
유칼립투스 나무들이 산다
아보리진 아보리진 내 아버지 아보리진
밤이면 밤마다 스위스 칼을 하나
좋아하는 너나 가져라 하면서 부메랑

부메랑 치켜드는 아보리진
아무리 소심한 마음으로 들여다봐도
스위스 칼은 쓸모없다 쓸모없어서
오오 완전하여라
시끄러워 입이나 맞춰
우리가 뭐 이똥이나 문지르는 사이냐 그러므로
지문 찍듯 인정한다
나는 무식하고 무식하면 용감하고
나는 스위스 칼을 좋아하며
무식한 건 죄이다 스위스 칼은 보라
책이나 부식판화나 눈보라 치는 부두보다 더
정신적이다 뭇 쓸모들이
보지 벌리고 누워 있는 토대로서의

찬가

나중에 나중에
고요한 시절이 오면
잘생긴 아들을 낳으리라
아들이 자라
착실한 소년이 되면
함께 목욕탕에 가리라
싫다는 아들에게
등을 밀어 달라고 하리라
할 수 없어서 나의 등은 밀었어도
아들은 내게 제 등을 맡기지 않으리니
나중에 나중에
내가 늙고 아들이 장성하면
다시 목욕탕에 가리라
싫다는 나에게
아들은 등을 돌리라고 하리라
할 수 없어서 나의 등은 맡겼어도
아들은 내게 제 등을 밀게 하지 않으리니
나중에 나중에
고요한 시절이 오면

들국화 피우는 노래

그 이름은 핌
나의 노획물
명찰을 달아 주고
수백 번을 부른 끝에
핌 하고 부르면
그 이름은 핌
그 이름은 철수
그 이름은 그 이름은
핌

핌은 열다섯 살
솜털 뺨
각지려는 어깨
중학교 삼 학년
백칠십이 센티미터
국어와 영어를 좋아하고
철봉을 하다가 수음을 배우고
아버지와 권투하다 찢겼다는

이마의 자국은 재봉새의 섶
재봉새가 재봉해 낸 이마는
아물었다
모의고사에 약한
푸른 쓰봉을 입고 다니는
핌

신발을 신으며
핌은 삐라를 발견했다
왼손잡이 핌
왼손으로
삐라를 폈다
달콤한
핌의 침이
삐라에 젖는다
이리 와 봐 핌
하고 싶은 일이 있어
다리를 벌려야지

좀 참아
핌
가을이 깊어가면서
나는 귀가 밝아졌다
가을의 노래를 노래 부르는
핌의 소리 들리고
핌 없이 짐인 나는
핌과 짐의 나라
그래도 잊지 못할 김철수의 나라를 위해서
할 일이 없었다
나는 귓속에 자꾸 등을 켜지만
친구들은 어디 갔나
사랑하는 핌아 이미 썩었다
핌아 어서 커라
들국화야 어서 피어라

그 이름은 핌
나의 노획물

a biological oscilatory constant

뜻하지 않았던 임신처럼 불임처럼

흙그릇에 찍히인 푸르스름한 볍씨 자국에 이슬이 맺
히는 밤이 지나서

콩배나무에 콩배 달리고 오리나무에 오리 눈뜨는 어
느 아름다운 칠월 아침에

나는 보았다 발과 뿔 사이에 한 모금의 국물을 싣고
가는 그를

나는 그를 범하고 싶었다

기도문

저는 상자 하나를 가졌습니다
먼 나라에서 온 상자 저의 상자입니다
슈퍼마켓 외벽 아래에 그는 있었습니다 호젓하게 있
었습니다
다가가서 놓았습니다 그의 어깨에 저의 손을
그는 함축적인 소나무였고 노래 부르는 포플러였습니다
어느 여름날 여명처럼 사납고 짐승처럼 더러운 쿨리
가 그를 지었습니다
그는 생포도 어떤 송이들을 품었었습니다
그의 콧숨에서는 주석산 냄새가 납니다
온 누리 뭇 상자가 무슨 소용입니까 그가 아니면
딱한 짓이라니오
저를 패소서
저를 패소서

어떤 이들은 그를 쌈닭으로 알고 있고
어떤 이의 딸들은 그를 달콤한 바람둥이라고 불렀으나
그는 여럿과 공평하게 지냈으며

큰 죄짓는 일에서는 게으름뱅이였습니다

작은 죄라면 문제가 다르지만 제발 쩨쩨하게 굴지
마소서

그는 평생 상자를 짰습니다 열네 살에서 스물다섯
살까지 물망초 피는 아침에서 티티새 우는 저녁까지

그 백만 개의 상자 안에 우리 마을의 포도를 담아 여
러 나라로 보냈습니다

그가 드높은 곳으로 갈 때에 보니 상자 같은 소리 하
지 마소서

못대가리 한 쪽 없었습니다

그럴 줄 알았지만 없었습니다

그에게 깊은 잠을 주소서

그에게 깊은 잠을 주소서

꽃다발 꽃다발

그대에게 드리려는 꽃다발입니다

그대는 아니 받으려 하시겠습니다

그리 해도 저는 괜찮습니다

이 마을에서 제일 찬찬한 눈빛으로 뭐 하려고 이런 짓을 저지르느냐 나무라는 태가

역력해도 괜찮습니다

저에게 아무러한 뜻이 묻은 화살을 쏜 적이 없었으니 정말 괜찮습니다

수선과 동백의 날들이 가고 겨우내 솟구쳐 올랐던 눈의 망루들이 거짓말처럼 스러지고 그대와 저 사이에 엄연하게 떠돌던 노래의 씨앗들이 떠내려가고 그리하여 사랑이었는지 사랑이 아니었는지 알 수 없지만 울컥울컥 불안했던 아침 창문이며 저녁 덧문이 닫혀 버린 그 뒤편에 웅크려 앉아 꽃다발을 만듭니다

그대의 입술이 오 라든지 아 라든지 달콤한 말소리들을 빚을 때마다 그대의 목덜미가 무엇인지 설레어 보이지 않게 떨릴 적마다 저의 마음은 허튼 사다리를 오르내리며 젖어 버리겠습니다

잘 가십시오 사랑하는 사람이여
그대에게 드리려는 꽃다발입니다
그대에게 드리려는 꽃다발입니다

이스트 실버타운 이데올로기

이스트 실버타운은 튼튼하다
집 짓는 일을 하는 이들은 다 착하다
그중에서도 특히 착한 우리의 효자들이 모여들어서
세상에서 제일 안전하고 편리하게
그를 지었던 것이다
물리치료실과 마인드 클리닉 센터와 테니스 코트를
그는 가졌다
그 첫 삼월 순결한 아침나절에
나는 그의 옆집에서 늦잠을 깼다
우리의 옆집에는 이루어지지 않은 첫사랑이 산다
나는 벽돌 한 장 나르지 않았고
청춘을 허비하였다
새벽 독서는 나쁘지 않았다
게이트볼러들이 돌아왔다
배드민턴 플레이어들이 돌아왔다
치어걸들이 돌아왔다
다들 무사했다
아무도 죽지 않았고 몸져눕지 않았다

파이팅 파이팅 모두 모두 파이팅이다
딱새들이 노래했다
시내뻐쓰들이 지나갔다
어딘가에서 봄맞이꽃들이 폈다
최선의 의도와 온건한 배려의 바람이 불어왔다
팥밥과 냉잇국과 도라지나물의 점심을
그는 줬다
우리의 대리인을 고용하는 일은 난처하다
누구도 설득당할 준비가 되어 있지 않았다
새벽 독서는 나쁘지 않았다
이스트 실버타운은 튼튼하다

염소 율리우스

염소는 고집쟁이
고기는 질기고
털은 뻣뻣하고
울음소리 슬픈 짐승
염소젖은 비리고
뿔은 우습다
성욕에 굶주린 병사가
암염소를 사용한다는
창녀같이 가엾은 짐승
그 염소의 이름은
이름하여 율리우스

염소는 좀벌레
종이를 먹는다
삐라와 수표와
개헌발기문과
비자금명세서와
쓰지 못한 연애편지를

평등하게 먹는다
염소는 무섭다
무서운 그 이름은
장군같이 율리우스

염소야
뭐라고 말 좀
해 다오
딱딱한 씨앗과
꺼끄러운 쐐기풀을
우물우물 삼키는 이빨 좀
보여 다오
한번쯤
사랑하게 해 다오
이 커다란 쓸개
율리우스야

염소는 바람둥이

칼도 없이
차비도 없이
어디 가느냐
남의 속도 모르고
서 있으면 다냐
염소는 근엄하고
발이 썩어도
아픈 척을 안 한다
이름처럼 씩씩한
그 이름은 율리우스

염소야 염소야
추억과 희망의
국밥 같은 염소야
이 공장의 최후의 불빛이 식고
패배의 조용한 아침이 오면
처처에 기근이 있으리라
염소들은 불순종하고

피얼룩이 꽃잎 피리니
염소는 염소
내 사랑 그 이름
동지 율리우스

어디까지나 1

사랑하는데 정말 안심이 안 되는데 소나무 서 있는
숲으로 가면 가지와 우모 스며 불티 솟굿는데 일과
잠과 독서와 몽상과 입김 쐬는 수음의 그의 빙설은
머뭇거리지 않고 어느 날 굶주린 새같이 습격해 오리

어디까지나 2
— 홀로 황야를 가다

어디 잘 굴이 없나 겨드랑이가 떨려 웅크려서 열을
가두리 말풀로 집을 짜리 이 황량한 지역에서 내란
의 껍질같이 멸퇴할지라도 장담하리 등을 할퀴는 무사
의 시절의 궁핍은 흐릿하리 폭풍같이 없어지리

어디까지나 3
— 글 그림 그리움

어쩐지 어쩐지 목이 마르고 칼숲 잎 진 줄거리 어느 넝쿨이 터지리 놋쇠와 지푸라기의 날들이 거품의 물목에 비치리 관과 콘크리트가 잇은 지상의 숲 기울고 그 부근의 공중의 우울의 푸른 구름 노래하리

어디까지나 4
— 다시 황야를 가다

이 날 옛 조국의 영광 뻗치리 옛 조국의 눈썹 옛 조국의 이끼 어쩌면 옛 조국의 미래 피리 다시 황야에 오니 어디서 들리는 깃 치는 소리 뼈와 누룩을 물려준 조상들의 넋을 위하여 질그릇을 위하여

어디까지나 5

　나는 지치지 않으리 나의 정액과 나의 아이스크림을
다 사용하지 않으리 오오 지식과 감성의 즙 뛰어오르
는 날에 넘치 가죽의 숲 마루 깔리고 순결한 책에 솟구
치는 물망초같이 새의 알들 숲의 마루에 놓이리

나의 이씨

인생은 누군가의 제자로부터 시작한다더라

어디서고 눈뜨면 이씨 당신은 울 듯이 서 있는데 그것을 나는 변태적인 욕정이라 추측하지만

나는 말을 못 하지만

가엾은지고 반해 버렸군

'놓음'과 '놓임'은 무관한 관계의 안개꽃 피고

친애하는 이씨 무엇보다도 유명한 시인이 되리라는 기대에 기대어 나는 걸작들을 썼고

오늘도 시화전에 나왔으니 이 모든 것을

뻔히 알고 있는

나는 나의 말의 결을 알지만

나는 나의 기도의 말의 결을 알지만

슬픈 이씨 죽은 놈들은 땅 속으로 들어가고 살아 있는 놈들은 밥이나 죽이나 말 가죽이나

망루의 노래

그늘에서도 빙정氷晶들이 꺼지고
입술들이 터지며
혼자 있으며
깜깜한 시간이며
몰래 수음하며
적들의 게으른 망루에서 망원경을 쏘며
국군 자식들 딸기를 따고 있군 그래
얼마나 주렸으면 염치도 없이
잇새에 끼는 무른 씨앗이며
멍석딸기를 따는 계절은 평화의 속옷이며
마름쇠 한 침 두지 말며
누구 무릎이 떨고 어느 발굽이 곪지 않으며
망루는 얼마나 먼가
돌 위에 쏟아지는 햇빛의 칼날이며 쇠새이며
솟긋는 쇠새의 낮은 낮은 호흡이며
땀 냄새는 아련하고
일은 생각보다 습하고 더러우며
그리하였나이다

저를 치소서
불멸의 김을 쐬서 아이들의 이마에
넣으소서
잊지 않도록
아버지들의 경작지의 콩넝쿨 미역넝쿨 들이 흔들리며
그 초입 나라의 망루들이 스러지며

청솔회를 위하여

친구의 어머니 삼우젯날 밤에
친구 집 웃방에 모여서
어리석은 시절 그 가시나무 우거진 장승백이와
지금 관사가 있는 말고갯길을
이야기하였다
우산봉 자락 뻗어 나가다 잦아드는 소라실까지
아무데서나 잠자며 돌아다니던
달걀이고 멍석이고 여뀟물 새맑은 처녀이고 장대이던
전깃불이 들어오며 어디론가 가서 죽은
귀신 이야기를 하였다
장사 치른 날 못 온 놈은
포항제철에 취직한 한 놈과
복학도 안 했다는 신수 훤한 대학생 또 한 놈뿐으로
상여 메고 호상 보고 잔심부름 도맡았어도 넉넉하더니
김포 어느 중학교 선생님 하는 놈도 없고
마침 발인일이 일요일이라
 그 놈은 연락 받고 토요일 저녁 화톳불 잉잉한 시간
에 나타났었다

야간대학 다닌다는 제일 먼저 색시 얻어 온 놈도 없고
유성에서 석유집 하는 놈도 없이
한눈으로 다 보이는 여남은 놈들이 모여서
먹다 남은 고깃점에 두부 썰어 찌개 끓이고
양은 주전자의 농주 놓고 하는 이야기는
트럭 끄는 놈의 의뭉한 귀신 이야기로군
며칠 전 예비군 훈련장에서
삼 년 묵은 벌금 탓으로 잡혀갔다 온 놈도
제가 택시 운전할 때 당한 귀신 이야기를
벌써 몇 번째 재탕하는 꼴에는
오늘토록 무서운 것이었다
백골부대에서 포병이었던 놈은
백골부대 유격장 담력 코스에서 놀란 가슴을
아니라는 걸 뻔히 알면서도 할 수 없었구나
저는 총 한 자루만 있으면
세상에 어디는 못 갈 것이며
쭈뼛쭈뼛해지는 머리칼은 무엇이냐는 놈은
노동조합도 없는 섬유회사에서 경리 일 하다가 때려치운

정의와 의리의 싸나이지만
친구의 어머니 삼우젯날 밤에
친구 집 웃방에 모여서
교도소에 들어간 그 형뻘 되는 강간 치사범을
이야기하였다
출감하면 몇 놈의 목덜미를 분지른다는
아직도 산뜻한 그의 의지를
지난 설 때 면회 갔다 온 놈이 전해 주노라지만
그 형이 이 새미래에는 오지 않으리라
공연한 패들이 오해받았다
짚이는 이들이 불려 다녔다
더러는 거짓말한다고 허리를 다쳤다
그 형이 범인으로 잡혀갔을 때
모두 끄덕이며 말을 잊었다
그런 형이 새미래에 어찌 오는가
숨어 살면서 울리라
어미가 죽고
아비 노릇 못 하는 아비와 의절하여

그 삼형제의 외로운 맏이는
그 형이 출감하는 날 뼈를 추린다고 해도
참으라는 말도 못 하고
맺힌 속을 문지르는 굿도 못 해 주고
은굴 당산 삿갓이마 찬물도랑 어디에도
고등학생 놈들이 편싸움을 하고
내장이 끊겨져도 뜨듯한 꽃기운은 멸망하지 않는다는
푸른 대마를 뽑지 않으신 슬레이트집 어르신이
웬일로 웬일로 재판을 받고
우산봉을 벌채하면서
집들이 뜯기고
대추나무 석류나무 들이 쇠솥 같은 골짜기를 떠나
음지뜸으로 와서 사는 놈아
이리도 무정한 애사 때나 모여서
하는 이야기이지만
함께 눌러놓은 구들장 돌 그 아래 누우신 분들에게는
두고두고 심정 사나운 것이었다
광목베가 흔들렸다

모두들 숨을 죽였다
친구의 어머니 삼우젯날 밤에
친구 집 웃방에 모여서
노래도 부르지 않고 화투도 치지 않고
긴 이야기를 하였다
중학교 동창 놈들과 더 친한 그놈도
이제는 계에 들어오리라
정기총회에서 토론하면
만장일치로 결정될 것이었다
유사가 다시 돌아오기까지
원양어선이나 탈거나
계산기 없이는 아무것도 무디다는
부기 이급의 그놈은
이십 년 전 짤리운 그 민감한 검지손가락으로
암산을 했다
삼부 이자를 절반 더 탕감해 주는 셈이로군
동생이 화학연구소에서 야간 경비를 하는데
이십 몇만 원 받는다며
제가 진 빚은 사사로이 옮아 두기가 편치 않은 법이라는

청솔회 곗돈을 융통해 간 놈의 말이 옳다
우리가 언제 그런 선심으로 살았나
고깃점과 두부를 건져 먹은 어슷무우찌개가 식고
양은 주전자의 농주가 줄지 않누나
이즈음 사에이치 운동도 하지 않는 놈들이
교회와 독서회에 다니면서 언제쯤이면
깃발 날리며 살고 싶었다
노래도 부르지 않고
부대 쪽에서 총소리가 들렸다
더 할 이야기도 없었다
다시 총소리가 들렸다
너무 늦게 있었구나
친구에게도 못할 노릇이었구나
편히 주무시라는 인사를 외면하시며
애썼노라 한 마디 침중하여 우시는지
친구의 아버지는 정말 늙고 작은데
삼우젯날 밤 매운 바람결은
사뭇사뭇 먼 별빛이었다

식빵 한 봉지는 어디로 갔나

어제 저녁은 생라면과 펩시 한 깡통을 마셨다 화식火食
은 그의 죽음 앞에 결례이므로

선장과 그의 웃기는 짜장들은 숨어서 뭐든 쩝쩝거렸
으리니 쌍놈들의 것은 쌍놈들에게 줘 버려라

갑판을 솔질하고 잣과 호두가 들어 있는 찬 죽 한 사
발을 먹었으니 아침이여 안녕

점심은 즐거워라 열무김치국수 치즈버거 사과즙쯤
으로 찬란한 의식儀式 우리는 굶었다

일기 청명 두뇌 명석의 오늘 저녁은 식빵이다 이 희
고 거룩한 영혼의 것이여

내 사랑하는 반란의 나라는 아카샤 아카샤 피고 바다
뒷숲 오리나무 우듬지에는 안짱부리도요새가 우누나

감옥에 갇혀 본 자는 알리니 그 첫밤이 지나고 구름
벽 쪼개지는 새날이 오면

쌀과 육괴肉塊와 건조 야채와 해륙의 향신료들이 쌓
이고 선복 가득 청수淸水가 출렁이어도

아열대의 태양은 비타민 씨를 형성하는 과목果木밭
을 희롱한다지 목성木性의 꿈들은 지맥 꽝꽝 반짝이어

아까워라

하늘에는 별 땅 위에는 술집이라고 언제더라 당신과 내가 바다를 보던 때가 있었지요 지금처럼

당신은 말이 없고 등이 뜨겁고 아 저기 배가 보여 후 기자본주의 나라의 철선들은 스마트한 무사도에 입각해 있구나 신호탄을 쏘아라

좆만 한 자식 이등 항해사 팔목에 수선화 더러운 잉크 문신 스물여덟 젖비린내 나는 개씹째끼는 격노하였다

식빵 한 봉지는 어디로 갔나 그녀는 어느 어둠의 습진 아래서 쥐이빨 빛나는 상아질象牙質을 상하게 하였나

그의 이름이 뭐였지요 피 식은 얼굴이 씩씩하군요 새가 앉지 않은 가지를 베어 그의 상자를 짠 오늘 저녁은

당신은 세 쪽을 드세요 저는 한 쪽으로 됐어요 아 반 쪽만 더 먹었으면 희망이 솟구치련만 이 발톱의 쥐같이 민활한 사랑아 정말 잘했다

식빵 한 봉지는 어디로 갔나 코끼리의 등같이 굳세고 어엿한 우리의 식빵은 어디로 갔나

좋을씨고 좋을씨고

예수를 믿어 볼까나
어디 한번 무릎을 꿇어 볼까나
쥐오줌풀같이 번져 가는 뭇 균들이 다 보이고
버들가지 터지네

말세가 오는데 내 생각에도
전에 봐 두었던 냇물에 후릿그물 빠뜨려
꽁치의 배에 칼무늬 낼지라도
오는 봄은 아마 맑으리

시켜서 하는 노래 부르고
노래 못하는 자 서정시 쓰고
허락하신다면 잠이나 들어
깃 터는 종달새여 제발 날아오르라

예수를 믿어 볼까나
주워 온 것이나마 위안 청해 볼까나
쥐똥나무 우거진 비탈 원인 모를 원인 모를
버들가지 터지네

코스모스 1

이것은 숫제 감격입니다 백이면 백 천이면 천 날아
들다가는 멈춰 서 버리는 춤판입니다

어쩌다가 그 속에서 숨이라도 들이켤라치면 잎 진
산같이 어깨를 들썩이다가 혹은 낮게 낮게 기침하다가

눈썹에 내린 하늘빛이라니 아예 침묵입니다

가만히 들여다보니 아 어디선가 흰새 새끼들이 날개
치는 소리가 있습니다

여기는 그만 바다입니다

코스모스 2

이 자국은 누군가가 자전거를 끌고 간 기억이리라

햇살 비친 은륜조차 풀섶에 남아 있어 눈이 부시다

이 새벽의 푸름 아래 청청하게 숨 내쉬는 흐릿한 흐릿한 자국이야 거품 이는 강처럼 분에 넘치다

코스모스 코스모스 먼 나라의 사랑이여

자전거는 보이지 않고

그가 묻혀 온 쇠 냄새와 호루라기 소리와 외줄기 가지런한 엄연한 자국에는 무릎 천천히 옮겨 놓은 작은 풀무치와 더 작은 귀뚜라미들이 투명하다

코스모스 3

이를테면 기러기다
얼음 굳고 서릿발 솟은 대지에
물갈퀴 딛고 서는 기러기다

어느 날 느닷없이 밀물로 일어서는
잊어버린 시절의 기별이다
보아라 코스모스다

밀물만이 아니다 오히려 썰물이다
기러기 깃털 떠오르는 늦은 저녁쯤
그의 가슴에 박혀지는 썰물 속의 소금이다

눈 비비고 보아라 코스모스다
소리 없이 다가서면 이내 눈물 멈추는
소심한 것들이다

마침내 외투 입은 기러기다
들에서 보는 조망 그를 쏘아보는
한 잎의 불티다

3부

박물지

博物誌

박물지 1

적도 무풍대의
붉고 흰 쪽배

박물지 2

피타고라스의 정사각형들이 황동으로 상감된 복도에서
높새가 부는 봄날 나는 그에게 교련복을 빌었다 한
스가 히페에게 연필을 빌었듯이
옷은 크고 각반과 요대에서는 땀 냄새가 났다
나의 문어체 회화를 그는 비웃지도 않는다
나는 알아 버렸다 친화력은 열등감이다

박물지 3

민우야, 아빠는 병정이었을 때 금강산으로 가는 협 궤철도가 지나는 곳에서 지냈어

다마스커스로 향한 망루처럼 우뚝한 콧등의 옛 영웅 은 아름다웠지만

사실은 너의 동생이 너의 적이야 어제만 해도 뒤뜰 에서 칼을 갈고 있던걸

속삭여 준 친구의 말은 세라핌처럼 잔잔했으므로

그 망루에서 밤을 새우며 내 나라가 어엿하면 무릎 이 떨리지 않으련만

아 나의 사랑이여 잘 있어라 울먹였어도 부끄럽지 않아

침목은 썩고 망루의 기둥은 좀먹고, 들에는 만목류 새들도 없다

병정들이 눈물 젖은 눈으로 바라보면, 보였어

동생이 경작하는 농경지와 벌채상한선을 표시해 놓 은 벌목지가, 외롭게

친구는 친구 어디까지나 남이다

박물지 4

이것을 먹으라니 이것을 먹고 죽은 듯이 엎드려 있
으라니
입이 심심할 때 한입 슬쩍 먹어 보는 게 아니라
이것을 가지고 영원을 견디라니
난 못 해 난 안 해
세상에 시라소니는 없다 꿀샘 없는 꽃이 없듯이
호랑이는 내버려 둬 호랑이가 우리를 내버려 두듯이
포수는 협곡과 광야를 지나 북부의 습지에 도착했다
그는 거기에서 벼농사를 짓다가
빙하의 섬으로 건너갔다고도 하고
석유탐사대의 대장이 되었다고도 하고
음유시인으로 죽었다고도 한다
그가 사랑을 잊지 않았다면
사랑의 명령으로 아들을 낳았다면 그 아들이 다시
아들을 낳았다면
그의 자리에는 들꽃 묶음이

박물지 5

달나비 남빛모시나비 북방고원나비 폐허나비 먹띠나비
나는 나비보다 책을 더 좋아하여 분류학자의 수필을
펴고 있지만
한 소절의 휘파람처럼 그는 등을 활처럼 구부린다

박물지 6

공주에서 예산으로 가는 길은 고운 강을 끼고 있다
금강 지류는 마곡사 부근에서 발원하여, 위성류와
버즘나무의 둑을 적시고 순한 짐승들의 목을 축이며
흘러간다
공주에서 예산으로 가는 길의 작은 마을에 미래의
시인이 살고 있다
시인은 순결한 혈통에서 오는가, 방랑과 번뇌의 어느 날
느닷없이 일어서는가, 큰바위얼굴과 우리를 슬프게
하는 것들에서 형성되는가
나는 뻐쓰 안에서 그를 감응하며 두근거린다, 그의
날숨에 얼굴을 쐰 듯하다
뻐쓰는 민주적인 마차, 옆에 선 처녀의 섬모를 보여 준다
청바지를 입으면 관능을 감출 수 있다 섬모를 향하
여 치켜 오르는
욕정을 청바지는 따뜻하게 허용한다, 대신 아프기는
하지만
여뀌의 대궁처럼 붉고 굳고 매운 영역이다
공주에서 예산으로 가는 길은 유정하다

박물지 7

나는 상황실에서 그와 적의 대화를 받아쓰고 있었다
적이 그에게 물었다 친구는 꿈이 무어냐
그가 느릿느릿 대답했다 나의 꿈은 내 고장의 해변에서
작은 여인과 함께 사는 것이야 친구는 모를지 몰라도
내 고장은 화석과 산협의 단구와 모래톱의 해명을
가지고 있어
읽고 싶은 책을 사게 되어 흐뭇한 참인데 애잔하게
늙은 아내가
능수조팝나무의 구름을 보러 가자고 할 때까지 산다면
아이들이 백엽상 앞에서 꺾은선그래프를 그리고
나는 울었다 그 꿈이 이루어지리라고
너는 믿느냐

박물지 8

위병소에서 경계 근무 중이었어요
옆 논에서 새 새끼 한 마리가 걸어 나왔어요
김병장이 경제적인 동작으로 그를 붙잡았어요
뜸부기 새끼다 좀 있으면 어미가 찾으러 온다
나는 반신반의했어요 아무려나 미물에 불과해
그때였어요 어둑어둑한 대기가 환해지면서
새끼 새가 나타났던 자리에 어미 새가 떨며 서 있었어요
니오베의 자세가 그러했겠지요
나는 가슴속에 느낌표를 찍으며 바라보았어요
김병장이 포로를 놓아주는 모습을
새끼 새는 어미에게 맞았겠지요 틀림없이

박물지 9

무섭도록 책을 읽는 소년이었다는 소문 없이 위인이
된 사람이 있다면
　우리는 그 위대함의 질을 의심해 보아야 한다, 강유일
　음악과 나의 의자가 없는 천국은 천국이 아니다, 유종호
　나는 아직 정돈되어 있지 않고 바다는 염분에 젖은
캡슐을 가지고
　암초를 공략하며 파도로 원을 그린다, 파블로 네루다
　문을 굳게 걸어 잠그고 금서를 읽는 쾌락을 아는 사
람은 안다, 김성탄
　김광규의 아이히 각주
　『과자와 맥주』를 네 번째 읽고 있네 『오만과 편견』을
그만큼 읽었던가
　『돈키호테』나 『장미의 기적』이라면 한번 더 볼 용의
가 없지 않네
　나는 놀고 먹지 않았다 끊임없이 왜 사는지 물었고,
이성복
　나는 원한다 나에게 금지된 것들을, 누구 말이더라
　아아 나는 코뿔소다, 김재은

박물지 10

하늘에는 별
땅 위에는 술집

박물지 11

휠덜린의 웅혼함 랭보의 자유 백석의 염결함
김수영의 반골 기형도의 요절 없이 어찌 시인이겠느냐

박물지 12

교육은
피교육자의 교육자에 대한 열광과 찬탄이 이루어지
는 곳에서
수수되는 노래이다
노력에 의한 숙련이나
시간의 온축에 의한 노회만으로 교사가 되어
피교육자들을 판단하고 추장하고 징계하는 예를
우리는 흔히 목격하거니와
우리들 스산한 추억의 대부분은
나쁜 교사들에게서 왔다
내가 좋은 예이다
용서해 줘
제발 잊어 줘

박물지 13

그때, 강석경을 읽기 위하여 중앙일보를 구독했다

계절을 소슬하게 앞질러가며 골짜기는 시나브로 가까워졌다

소설과 삽화의 은성한 결혼이여

책으로 묶으며 착오가 나왔다, 발문은 그렇게 쓰는 것이 아니다

쓰지 말든가 딴청 부렸어야 했다

원고 담당자가 기형도였다고 했는데, 나는 질투한다

둘은 서로를 어려워하는 일방 서로에게 낮은 화염을 날름거리다가

중요한 말은 꺼내지도 못하고, 각자의 길로 떠났다

그 만추에

나는 수덕사 대웅전과 해후했다

박물지 14

크지 않은, 무르지 않은, 발꿈치와 복숭아뼈도 있는
그렇지 직녀의 발은 꽃이야
어떤 남자에게도 보여 주지 않은
다수굿이 오므린
그 발이 나를 밟으면
나는 화상을 입으리니
아주 연한 화상
노예의 낙인 같은 나무의 기억
오늘 밤 나를 사 다오

박물지 15

    감포 갔다 오는 길에 경주에서 내리는 것은 그릇을 보기 위함이다

    굽이 굳센 씩씩한 앉음새는 사뭇 고즈넉하다

    첨촉으로 그은 자국은 과하마이고 산이스랏나무이다

    이는 무슨 형상일까

    나는 귀얄 빈집 새의 범상이라고 가늠한다

    경주의 그릇은 그음이다

    뒤에 그 그은 우물 안에 흑백의 광재를 넣은 마음은 소심하다

    머위와 물쑥이 피는 대지에 그릇장이의 변증법은 마침맞아 청명하다

    물러가거라 잡것들

    이 시절 경주의 그릇은 스침이다 덧없다

박물지 16

향기는 사물의 표면에서 한 뼘쯤 떨어진 허공에 채홍의 아치 형태로 무늬진다

내 경험으로는 그 아치를 삼등분하는 두 지점에 코끝을 대었을 때 가장 청명했다

풀협죽도 감탕나무 치자넝쿨 후박나무 측백나무 찔레 수국 토란 미역 작약 한련

풀협죽도의 우산 치자의 물감 측백나무의 초혼 토란의 표면장력 한련의 최루

명아주 흑색 크레파스 빨기 전의 속옷 짚불 오얏 말뼈 풋풋한 청춘의 새벽 콩의 삼투압

향기는 칼큼한 맛의 논리와 함께 왔다가 다음 순간 소멸한다

소멸하는 것은 다만 소멸해 가고 벗심 박힌 논리의 쐐기는 향기를 저버리고 선다

있으면서 파동 치며 있으면서 끊임없이 칼은 칼 울 것 없다

사물의 표면에서 한 뼘쯤 떨어진 허공에 채홍의 아치 형태로 무늬지는 닿음이여

박물지 17

그는 눈을 뭉쳐서 베어 먹었다
야구부원들이 타원형의 궤도를 따라 구보하고 있었다
그들의 어깨에서는 훈김이 피어 올랐다
저 집이 우리 집이었어
가파른 계단과 좁은 통로를 내부에 간직한
물받이 홈통에 네모진 창틀의 적산가옥
저 집이 우리 집이었어 내 방에는 검도용 시나이가
하나 있었어
야구부원들이 굴신 운동을 하고 있었다
눈에서 창포 향기가 났다

박물지 18

여러 가지 아프고
아픈 자리에
어느 꽃무늬 진 사랑이 와서
뭇 나무들 들릴락 말락
기침하누나

박물지 19

직녀는 책상 위에
수본을 접어 놓았네

박물지 20

뼈였구나 지난밤은 추웠지
우리는 설탕 냄새 소금 냄새 비타민 씨의 냄새에 콧
날을 모으다가 체포되었다
우리가 기대었던 벽에는 흐릿하게 패인 자국이 남았
다 섬섬한 능각이 죽어 있었다
그들은 전기와 수도를 끊지 않았다
우리는 외롭지 않다고 말했다
어디선가 물 흐르는 소리가 났다
다시는 싹을 못 틔울 씨앗도 알고 보면 애틋했다
뼈였구나
등이 쑤셨다

박물지 21

이름을 밝힐 수 없는

박물지 22

그리로 가면
좌우대칭과 나선의 나무 한 그루

박물지 23

　그는 콧수염이 잡히는 위험한 시기에 막 들어서고
있었다

　내가 여자라면 그에게 강제로 간음당해도 좋아

　나중에 그를 닮은 아들을 낳아 기르면서 함께 목욕
가리라

　나는 그를 안아 보았다 그 영광스러운 시간 그 부피
그 온도

　미나리국이었던가 쌀밥이었던가 참나무 가지를 끊
어 내었을 때 공중으로 퍼지는 수액이었던가 그 냄새

　그 머뭇거리는 지향과 제어되지 않는 슬픔 그 활력

　네가 맹그로브숲의 꽃피는 동물이라면 나는 툰드라
의 아침 이끼에 지나지 않아

　마음속 죽음의 나무가 휘면서 형성되는 그의 장력을
신뢰하므로

　나는 그가 이십 년 후 나무랄 데 없는 장편소설을 써
낸다 해도 놀라지 않으리니

　삶은 순결이 아니라 에너지일 터이므로

　그는 비웃겠지만 이 책을 그에게 바친다

박물지 24

다리가 길면 좋을 것이다 뒷모습을 거대하게 보여
줄 수 있으니
　수크령과 물봉숭아와 며느리밑씻개와 노박덩굴의
화사한 유일성에 가 닿지 못한 사람을
　나는 속물이라고 규정한다 글루타민산나트륨이 지
배하는 오월의 식탁에
　나는 알을 슬어 놓는다
　있는 것이 사실이시면 신이시여
　다시는 실연당하지 않게 하소서

박물지 25

　형이 쓰는 글씨 삐침이나 누임이나 끌림이 붙지 않은 선연한 부호들

　그는 질긴 종이로 봉투를 만든다 그의 풀칠은 동판화의 기교처럼 산뜻하다

　그가 선택하는 우표 그럴 수만 있었으면 그는 우표도 만들어 냈으리라

　그가 보내는 편지의 중량 아아 그의 침잠과 묵시는 지긋지긋하다

　형은 나를 언짢아하고 있었다 장남은 대체로 아버지 편인 것이다

　어머니가 돌아왔다 어디 가 계셨나 이모 사촌누이 청초한 중이 우상들을 섬기는 암자

　어머니의 동정과 섶에는 고운 때가 묻어 있었다

　어머니가 마루 닦는 소리 아버지가 공연히 마당을 오가는 소리

박물지 26

한국도스토예프스키협회
민요연구회
녹색당 산하 탐조회
화요문학회
전교조
개추위(개고기추렴위원회)
사에이치클럽
프로야구기록동호회
세계습지조약홍보회
이혼을 도와주는 모임
환난상휼계

박물지 27

그는 동화를 한 편 보여 주었다

달빛 맑은 밤 자루 안에 달빛을 담아서 방으로 들어오니

자루 안의 달빛은 어디로 새어 버렸나 하며 우는 소년의 이야기는 슬펐다

그는 동화를 쓴 녀석을 소개시켜 준다고 했다

동화를 쓰고 싶어 그러기에는 내가 너무 젊지만 또는 내 넋이 너무 굳지만

동화의 무쌍한 절대감은 나를 숨막히게 해

나는 장담할 수 있다 그는 치사한 말년을 살지는 않으리라

박물지 28

편지는 뭐 하러 쓰셨나
말로 하고 말지
당신이 보낸 편지
가슴에 대고 우네
가엾은 나의 사랑
황폐한 나의 사랑
편지는 뭐 하러 쓰셨나
이지러진 그 맹서
온 세상 밤 깊고
뒷숲에 비 오네

박물지 29

칼자국이 무너진 떡을 먹지 말아라
동생하고 싸우지 말아라
사발통문에 서명하지 말아라
한 권의 책으로 창과 방패 일습을 마련하지 말아라
손수건으로 땀 닦지 말아라
코로 숨쉬어라
늦지 말아라
더디고 명료하게 분개해라
손을 이불 밖에 내놓고 자라

박물지 30

인자는 바닷가의 돌을 솥에 넣고 끓이셨다
돌에 스민 염분과 해조가 향기를 퍼뜨리자 저들은
합창했다
돌국의 늦은 회식은 긍지 높은 것이었다
밤이 깊었다
피의 영광은 굴욕의 피 저들은 잠들고
인자는 저들의 발을 주무르셨다

박물지 31

새들의
총배설강처럼

박물지 32

울새가 깃든 풀섶 부근에서
광천을 발견했다
물맛이 저릿저릿했다
울새광천이라고 부르기로 했다
원추리꽃이 피어났다

박물지 33

먼 북쪽에서는 하루에도 몇 마일씩 설선이 남하하리라
제 이의 산에 들면 원추형 열주의 회랑에 든다
만추의 산협의 초본식물들은 광활하게 시든다
그들의 균형감각과 위기관리능력과 역엔트로피와도
이제 안녕
기온이 나날이 산드라와진다
커피물을 우려낼 엄두도 못 내고 엎드려 운다
겨울 내내 음악도 못 듣는다
설해목들이 눕는 소리에 귀 기울인다

박물지 34

돌아
안 보이는 곳에 운모 빛나는 돌아
새들도 안 먹는 돌아
아무래도 나는
굶어 죽으리라

박물지 35

그 봄, 남도에서 학살이 자행되었다
그 새벽 해방지구의 어느 회합에서 불렀다는 노래는
어느 민족 누구에게나 결단할 때가 있나니
참과 거짓 싸울 적에 어느 편에 설 건가
였다는 이야기를 듣고, 나는 가슴이 저렸다
그 오월, 나는 딸기를 따고 열무를 뽑았다
내가 두려운 것은 학살이 다시 오면
나는 담대할 수 없을지도 모른다는 노릇이다

박물지 36

당신은 당신의 아들들에게
야구의 화려함과 바른 규칙을 가르치라

박물지 37

간밤에
끌을 놓고 갔더군
끌을 잊다니 그는 어디가 덧났나
아아 입맞춤의 때에 뜨는
눈썹과 이마의 검은 눈은 떨리고
말벌들의
종이 지붕 위에
재봉새
한 마리

박물지 38

시집오니
올케 생각만 나네
봉숭아꽃 피었네
백반같이 어린 서방
올케 생각뿐이네

박물지 39

말고개의 절개면에서 물총새의 굴을 발견했어

시누대로 쑤셨지 알싸한 전류가 일어났어

물총새는 소나무와 아그배나무의 비밀의 집에서 여름을 나고

제 가슴에서 뽑아낸 솜털이불의 저항을 남기고 떠났구나

무위의 덫에 그림자 한 번 쏘이지 않고 총의 위협에 굴하지 않고

물총새는 들오리보다 민활하구나

새의 무리들이 계절의 묘듈을 굴리고 있어

박물지 40

문 없는 벽이 어디 있으랴
액자들은 풍경화를 달콤하게 열어 준다

박물지 41

　우리들 숨과 넋의 후미진 한 부분은 어떤 모호한 원
칙의 영광으로 이루어져 있다
　불멸의 노래를 노래 부르고 어렴풋한 각성의 울음을
울음 울고 일상의 무모한 열정을 침전하여
　우리나라 어느 고장 선조들이 피 흘린 곳 도라지꽃
피고 진다

박물지 42

  아령과 역기와 악력기와 스케이트 보드는 너의 팔과
다리를 위한 물건
  열일곱 살이 되면 당숙이 보신 음빙실문고와 김남주
시집을 허락하리니
  문법과 대수와 소묘와 너의 절대음감이 내일의 지침
일 리 없어서
  아빠의 사무실로 놀러 오는 너는 오늘은 열다섯 살
연푸른 어린 잎새
  해명이라는 이름의 굳센 사내가 여명의 뒷벌에서 죽
어 버린 역사를 너는 용서해라
  민우야 사랑하는 나의 아들아, 열일곱 살이 오면 너
를 놓아주리라

박물지 43

　노간주나무의 방풍림 아래에 『증보치평요람』이 놓여
있다
　차조기의 계절이 왔다 나는 「국립지리학회보」를 들
고 나의 계곡으로 간다
　나의 과오의 목록은 언제나 구체적이고
　나의 자궁은 여린 불길 한 번 스치지 않은 도요이다

박물지 44

새가 앉지 않은 가지를 베어 그의 상자를 짰지
피 멎은 깨끗한 그를 상자에 넣었지
좀 작아서 무릎을 세웠지 쉽지 않았어
능형의 표지를 놓아 그의 안식을 희망했지
잘못은 없었어 그는 아무 억하심정도 없으리
겸허한 자세로 그는 망령처럼 찾아오리니
찾아와서 식은밥 좀 달라고 하리니
바다는 한 송이의 꽃도 피우지 않았지
새가 앉지 않은 가지를 베어 그의 상자를 짰지
정말이지 어려운 일이었지

박물지 45

나는 꿈이 있네
나라 제일가는 등신이 되어
일어나라 시간이다 겁주려네
등신이 되기에는
너무 늦었어
나는 밀정이 되려네
세계어는 없다 밀정이 되어
화강암과 쌀의 나라 밀정이 되어
끝없는 박물지를 쓰려네
나는 꿈이 있네
목포에서 청진까지 국민들의 외출
김밥 싸서 소풍 가는 새날의 차표
나는 꿈이 있네
나는 꿈이 있네

박물지 46

너를 보면
나는 호젓해져

심홍빛 나라를 찾아갔는가

윤형근(시인)

이제 윤택수를 다시 볼 수는 없다. 그는 마흔을 갓 넘긴 젊은 나이에 우리 곁을 떠나 한 줌 재로 돌아갔다. 결혼도 하지 않아 남긴 유가족도 없고, 문단에 기웃거린 바도 없어 그의 이름을 한국문학사에서 찾기는 어려우리라. 그럼에도 그는 천생의 시인이었다. 예민한 감수성과 신선한 감각으로 우리말의 결을 아름답게 수놓은 시인….

내가 그를 만난 것이 언제였던가? 정확하게 기억나지는 않지만 1984년이었던 것은 분명하다. 그때 나는 복학생 3학년이었고, 문단에 갓 데뷔해서 여기저기 어울려 다니느라 바빴다. 그리고 그 와중에 학교 문학 동아리 동인들과도 자주 접촉했는데, 윤택수는 거기에서 가장 활발하게 창작 의욕을 불태우는 멤버였다. 아니, 단순히 열심히 한다기보다 그는 기성의 어느 시인과도 닮지 않은 그만의 독특한 언어 표현과 감수성으로 완강하고 고집스런 세계를 보여 주었고, 그로 인해 다수의 후배들은 그를 추종하거나 경원하였다. 혹자는 재미삼아 그를 '이 시대의 마지막 로맨티스트'라고 부르거나, 이름의 이니셜을 따라 'T. S. 윤'이라고 하여 T. S. 엘리어트를 떠올리게도 했다.

그의 시는 섬세하면서도 분방하였다. 때로는 장중하고, 때로는 불경하고, 때로는 청승맞도록 서정적이고, 때로는 환상적이며 논리의 비약과 일탈이 흔하였다. 그럼에도 그의 시는 연약한 생명에 대한 사랑과 연민, 희망을 노래하였다. 윤택수만의 특유한 분위기로 빚어낸 청자 도자기와 같은 시편들…. 나는 그의 「머나먼 통의 노래」 「감포 감포」 「철쭉의 노래」 등을 사랑하였다.

시 못지않게 집시와 같이 분방한 그의 생활 태도도 주위의 관심을 끌었다. 대학을 졸업하고 얼마 안 되어 그는 우리의 시야에서 사라져 버렸다. 모두들 궁금해서 안부를 물었지만 그의 소식은 오리무중이었다. 한참 뒤에 그가 나타나서는 그동안 울산의 어느 공장에서 노동자로 일했다는 것을 밝혔다. 아마 그 무렵 씌어진 작품이 「별곡 3」일 것이다. 그리고 또다시 실종…. 이번에는 원양 어선을 타고 멀리 떠났다는 소문이 돌았다. 그렇게 홍길동처럼 동에 번쩍 서에 번쩍 출몰하다가 나중에는 서울의 어느 출판사에 들어갔다고 했다.

나는 오래간만에 문우들과 같이 서울에 가서 윤택수를 만났다. 그의 모습은 예전과 별로 달라진 것 같진 않았다. 거무튀튀한 얼굴에 허름한 블루진은 어느 모로 보아도 화이트칼라와는 거리가 먼 면모였다. 그의 외모와 행적으로만 보면 민중의 애환을 노동 현장에서 체험하는 행동파 지식인을 연상할 법도 하지만, 그러기에 그는 너무 낭만적이고 섬세했다. 눈앞의 현실이나 일상생활보다도 그는 자연과 언어, 서적과 문화에 대한 관심이 압도적으로 많았다. 그리고 그런 속에서 꾸준히 시를 써 나갔다.

한때 나는 윤택수에게 문단에서 활동하기를 열심히 종용하기도 했다. 그는 그리 관심을 보이지 않았지만 알아서 하라고 나에게 수십 편의 시가 들어 있는 원고 뭉치를 주었고, 나는 당시 내가 속해 있던 동인 시선집에 다른 기성 시인들의 작품과 함께 그의 시를 열 편 실었다. 그해가 1990년이었는데, 그 이후 다른 지역 잡지에서 온 원고 청탁을 그의 작품으로 대신하기도 했다. 그러나 그를 자주 보지 못하게 되고, 어쩌다 만나면 그의 새로운 시 작품과 구상을 보고 듣게 되는지라 더 이상 지난 작품에 대한 관심을 거두었다. 또 그는 시가 아니라 길이가 꽤 긴 산문을 쓰고 있고, 조만간 책으로 낼 계획이라는 말도 했던 것으로 기억난다.

숫기 없고 부끄럼 탈 때도 많았던 택수…. 그래도 가끔 홀연히 나타났을 때에는 거침없어 보이기도 했다. 우리 동인들 모임 자리에 불쑥 나타나 시를 보여 주기도 하고, 밤늦게까지 어울리다가 훌쩍 사라지기도 하고, 한번 안 보이면 해가 다 가도록 소식이 두절되는 것도 흔하였다. 그러다가 대전에 내려와서 학원 강사를 한다고 하여 학원에 가 보기도 했지만, 내 생각에는 왠지 그 일이 그와 가장 안 어울리는 일 같았다. 그래서 그런지 그는 조금 일하다가 그만두고 서울 올라갔다가, 또 내려와서 학원 들어가고, 이것을 여러 차례 반복하였다.

그리고 얼마 만인가, 그가 학원에서 쓰러졌다는 소식을 들었고, 한방병원에서 물리치료를 받는다고 찾아갔던 기억이 난다. 사람의 눈길을 피하는 그를 보고 안타까웠던 그날! 그리고 그를 다시 보지 못했다. 간간이 퇴원하고 집에서 치료받는다는 말만 들었는데, 어느 날 갑자기 그가 죽어 이미 재가 되었다는 소식이 벼락처럼 날아든 것이다.

나는 지금도 택수가 어딘가 살아 있을 것이라는 의

구심을 떨쳐버릴 수가 없다. 어느 날 밤 갑자기 전화를 걸어 시를 들려줄 것이다. 아니, 내가 이사 오기 전에 살던 옛집에 찾아와 문을 두드릴 텐데…. '염소 율리우스'처럼 어디를 가 있었던 거야? 하고 내가 물으면 그는 아무 대답 없이 수줍은 미소만 짓겠지. 그래도 '염소'는 슬프다. 그것보다는 '심홍빛 나라'를 찾아갔노라고 믿는 것이 나으리라.

들국화 핀 비탈이 보이는 날에는 편지 못 쓰네
무슨 상념의 거품이 닿은 솜털이여 가슴 뛰네

그 여름의 아가미의 스러져가는 열망조차 낙엽 지네
오래오래 참아 온 눈물의 향기 스미네

아득한 나라의 추목 가지에 놓이는 연흔이여 미치겠네
들국화 핀 비탈이 보이는 날에는 편지 못 쓰네

—「심홍빛 나라」 전문

고립과 모험의 암호 읽기 — 윤택수론

양애경(시인·문학평론가)

1. 윤택수 시의 암호 읽기

윤택수 시인의 『새를 쏘러 숲에 들다』는 그의 첫 시집이자 유고 시집이 된다. 시인은 110여 편의 작품을 통해 독특한 시 세계를 창조해 내었다. 그 세계는 현실 속에 지어졌지만 현실과는 아주 다른 세상이다. 겨울이면 눈으로 막혀 고립되는 마을, 울새가 광천 근처에서 지저귀고 야생 딸기와 특이 식물들이 우거지는 그 세계에서 시인은 이상주의자 영웅이지만, 세상에서 버림받아 고립된 상태이다. 그의 노래는 슬프고 아름답지만 많은 비유와 상징에 둘러싸여 있어서 해독이 어렵다. 그래서 나는 이 시인의 시를 '고립과 모험의 노래'로 보고, 해설 쓰기를 그 암호 코드 읽기 작업으로 생각해 본다.

우선, 그의 시의 암호를 읽기 위해서 몇 가지 코드가 필요하다. 나는 그 코드들을 그의 독서, 그의 살아온 내력 — 용접공, 원양 어선의 어부, 잡지 편집자, 국어 교사, 학원 강사라는 다양한 경험들 — 그리고 그의 가족사에서 찾아보았다.

우선 윤택수 시인의 작품 세계는 매우 이국적異國的인 풍물과 소재들로 이루어져 있는데, 이는 그의 왕성한 지적 호기심과 다양한 독서 체험에 의해 얻어진 것으로 보인다. 그는 시 「박물지 9」에서 "무섭도록 책을 읽는 소년이었다는 소문 없이 위인이 된 사람이 있다면 / 우리는 그 위대함의 질을 의심해 보아야 한다"라고 강조하고 있기도 하다.

또한 현장의 체험을 얻기 위하여 그는 한동안 섬세한 인문학도 출신에게는 어울리지 않게 원양 어선도 탄 적이 있다는데, 이러한 여러 점들에서 박인환 시인을 떠올리게 하기도 한다. 박인환의 독서 체험에서 비롯된 이국 풍물의 시화詩化, 모험에 대한 동경, 다양하고 이질적인 이미지들의 예상치 못한 배치로 인한 난해성 등은 윤택수의 그것과 상당 부분 비슷한 느낌을 준다. 따라서 윤택수의 시의 경향성을 단정지어야 한다면, 아마 모더니즘에 상당히 가깝다고 보아야 할 듯하다.

그렇다면 이러한 체험들이 윤택수 시인에게는 어떻게 작용하였을까? 서로 어울리지 않는 여러 가지 직업 체험을 가졌다는 사실은 역으로 그의 삶이 그다지 평탄하지는 않았다는 뜻도 될 것이다. 용접공 시절을 담은 시 「별곡 3」에서 그는 동료 용접공들에게 "우리는 발톱이 깨끗한 사람의 나라가 그리웠구나"라고 술회하는데, '발톱이 깨끗하게 산다는 것'은 인간다운 환경에서 사는 것을 의미한다는 점에서 그의 용접공으로서의 체험은 비인간적이고 고달팠을 것으로 짐작된다.

　　용접공으로 사는 일이 그에게 맞지 않았듯이, 원양 어선 선원도 그에겐 맞지 않는 일이었고, 또한 교사로 사는 것도 그에게는 맞지 않는 일이었는 듯싶다. 그는 「박물지 12」에서 "우리들 스산한 추억의 대부분은 / 나쁜 교사들에게서 왔다 / 내가 좋은 예이다 / 용서해 줘 / 제발 잊어 줘"라고 스스로를 나쁜 교사라고 질책한다. 그러나 그가 나쁜 교사였을 가능성은 별로 없을 듯하다. 같은 작품 서두에서 그는 "교육은 / 피교육자의 교육자에 대한 열광과 찬탄이 이루어지는 곳에서 / 수수되는 노래이다"라고 말했는데, 그것은 학생들의 자발적인 열광과 찬탄이 있어야만 진정한 교육이 가능하다는 그의 이상론理想論을 표현한다.

　　또한 그의 다른 작품들로 미루어 보아도 그는 풍부한

지적 호기심과 교육열, 교육자적 양심을 갖춘 좋은 교사였을 것이다. 단지 그는 이상적인 기질 탓에 좀 결벽했던 것이 아닌가 한다. 아무튼, 이처럼 그는 여러 직업을 전전하면서 몇 번의 좌절을 겪었을 것이며, 이러한 일들이 그의 작품 속에 깊이 내재되어 있는 중요한 상징인 '고립감'을 만드는 데 상당히 작용한 듯하다.

또한 그의 시를 읽어 낼 수 있는 마지막 코드로서 그의 가족사에 대한 것을 무시할 수 없다. 윤택수 시인은 작고할 때까지 미혼이었고, 부모님을 잃었으며 형과 누이가 있다고 들었다. 이 중에서도 시인이 천착한 것은 아버지와 아들 간의 유대가 아닌가 한다. 그는 「쐐기의 노래」에서 아버지를 잃은 상실감을 다음과 같이 표현한다. "집에 오니 / 아버지가 없어 / 아버지가 없는 집도 / 집이냐"라고. 그에게 있어 '가정' '가족'을 형성하는 첫 번째 조건은 아버지였음을 알 수 있다. 아버지가 세상 떠난 후 집은 이미 집이 아니라고 하는 비통한 목소리에서 부자간의 깊은 유대를 느낄 수 있다. 이러한 부자간의 유대감은 그에게 매우 중요한 상징으로서, 앞 세대와 다음 세대의 정신적 전통을 이어 주는 역할을 한다. 그래서 미래의 아들을 등장시켜 세대간의 소통을 그린 여러 편의 작품을 쓰기도 한다.

시인의 독서 체험, 직업적 편력, 가족사라는 몇 개

의 코드를 통해 나는 윤택수 시인의 작품의 특질에 다가갈 수 있는 몇 개의 항목을 다음과 같이 설정해 보았다. 첫째 모험에 대한 동경, 둘째 고립과 사랑, 셋째 가족의 가르침, 넷째 시 쓰기의 의미 등 네 가지 항목이다. 이러한 항목들을 통해 윤택수 시인의 독특하고 다소 난해한 시 세계의 아름다움을 발견하는 길을 조금이라도 편하게 안내할 수 있었으면 한다.

2. 모험에 대한 동경

미지의 것을 찾아 나서는 일은 가슴 설레는 경험이다. 그러나 이러한 시도에는 예상치 못한 난관에 부딪힐 것에 대한 불안이 따른다. 그래서 대부분의 사람들은 영화나 독서의 세계를 통해서 이러한 모험을 꿈꾸는 것으로 만족한다. 그런데 윤택수 시인은 미지의 강렬하고 신비로운 세계에 대한 강한 모험심을 가지고 있었던 것 같다. 시「금강산 포수」라든지 이 시집의 발제가 된 시「새를 쏘러 숲에 들다」 같은 작품이 그의 이러한 성향을 잘 표현하고 있다.

금강산 포수 이야기를 해 줄까
쌀독이 비어도 샘물이 얼어붙어도 걱정 없는 부엉이
부엉이도 잠잠해지고

앞강의 고기 새끼들도
새파란 미나리 줄거리를 베고
숨소리 여릿여릿 눈을 감아서
이불 밑 깜깜한 겨울밤에
대전 사시는 할머니가
낮으신 음성으로 들려주시던
그렇지 아빠가 민우같이 어렸을 적에

—「금강산 포수」부분

　이 작품은 도입 부분부터 아버지가 어린 아들에게 할머니가 들려주셨던 옛이야기를 다시 들려주는 설화 형식으로 되어 있어 읽는 재미가 있고, 시인의 말 다루는 능숙한 솜씨를 엿볼 수 있다. 시 속의 화자는 호랑이를 잡으러 금강산에 들어간 유명한 포수가 십 년이 넘도록 돌아오지 않았던 일을 시 속의 청자인 아들에게 이야기해 준다. 포수가 실종된 금강산은 "세상 모든 허튼 자들이 차례차례 숨어들어가 / 중이 되어 도둑이 되어 드문드문 우렁우렁한 슬픔의 귀신이 되어 / 하나씩의 구덩이마다 하나씩의 구름똥을 누는 산"이라고 시인은 노래한다. 사람들을 삼키고, 숨겨 주고, 나름대로의 삶을 살게끔 해 주는 넓고 신비로운 품이 금강산이라는 것이다.

이 작품 속의 금강산은 시인에게 미지의 것과 조우하게 해주는 신비의 장소다. 또한 많은 사람을 그 품에 거느리고 미지의 삶의 양식을 가지고 그 품속에 각각 살게 해주는 관용의 땅이다. 그리고 잠자는 숲 속의 미녀가, 또는 독 사과를 삼킨 백설공주가, 요술에 걸려 백조가 된 공주가 자신을 구해 마법을 풀어 줄 사람이 찾아오기를 기다리고 있는 장소다.

그런데 이 작품 속의 실종된 금강산 포수의 마법을 풀어 줄 사람은 그의 아들이다. 아버지와 어디로 보아도 꼭 닮은 사내아이인 포수의 아들은, 아비를 찾아 "각반 차고 / 총을 메고"는 금강산으로 향한다. 아버지가 잡지 못한 호랑이를 잡으러, 그리고 마법에 걸려 어딘가에서 돌아오지 못하고 있을 아버지를 구하기 위해서이다.

「금강산 포수」속의 동화의 세계는 미지의 것을 찾아 떠나고픈 시인의 강한 이상주의와 모험심을 상징한다. 그리고 그 모험이 장애에 부딪히면, 다음 세대世代로의 승계를 통해서 그 꿈을 이룰 수 있음을 노래한다.

이러한 모험심을 채우기 위한 실천으로 윤택수 시인은 젊은 시절에 원양 어선 선원이 되었던 것은 아닐까? 상징주의 시인 랭보처럼, 그는 '세상의 모든 책을 읽은 후'에 새로운 세상을 경험하기 위해 배에 오른다. 거기서 시인은 무엇을 보았을까?

> 무인도는 없노라 빙하는 없노라 리트머스이끼는
> 없노라
> 오 민족들의 잎새여 내가 저버린 나라의 아침 문
> 물이여
> 가마우지 푸름 뼈 풍랑 도구 자유여
> 누군가에게 설명을 해야만 한다 나는 모든 퀴즈를
> 풀었노라

—「첫 바다」부분

위 시에서 그는 '모든 퀴즈를 풀었다'고 공언한다. 그는 바다의 푸름과 가마우지를 보았지만 무인도도 빙하도 보지 못했다고 말한다. 아마도 그는 항해에서 그가 꿈꾸던 미지의 세계와 만나지는 못한 것 같다. 시인이 꿈꾼 것은 현실에는 없는 세계였기 때문일 것이다.

또 '새를 쏜다'는 이야기는 윤택수 시인의 시 여러 편에 등장하여 개인적 상징을 이룬다. 시인이 새를 잡는다는 행위는 금강산 포수가 잡으려 했던 호랑이처럼 어떤 물질적인 의미보다는 '미지의 것을 차지한다', 즉 '꿈을 현실로 바꾼다' 정도의 상징적 의미인 것처럼 느껴진다.

시 「새를 쏘러 숲에 들다」는 구조면에서나 내용면에서 이 시인의 지향성과 시적 재능을 잘 보여 주는 수작秀作이다. 시 속의 화자는 목표물인 새를 잡기 위하여 먼 길을 간다. 그런데 그 새는 아버지의 말씀대로라면 '먹지도 못할 새'이다. 즉 별 쓸모가 없는 목표물이다. 여기서 새를 잡는다는 행위가 시인에게는 중요한 목표이면서도 세상의 합리적 기준으로는 별 용도가 없는 행위일 수 있다는 의미가 전달된다. 마치 별로 돈이 안 되지만 평생 도를 닦듯 집중해야 할 목표인 '시詩 쓰기'처럼. 그러나 화자는 아버지의 의견도 아랑곳없이 새 잡기에 집중하여 멀리까지 나가는 모험을 한다. 마침내 그 새를 쏘아 잡는다.

새는 어리고
구우면 고엽같이 뼈째 부스러진다
버려진 농막에 엎드려
총탄을 세고
소매에 튄 피를 털어 내면
늦은 불면이 온다
직박구리 떼가 쳐 놓은 그물이
산오이풀의 어둠 속에서 떨고 있으리니
칼로 가슴을 째어 소금을 넣는다

새의 추억의 발목을 끊는다

아 너무 멀리 떨어져 있는 것이었다

— 「새를 쏘러 숲에 들다」 부분

새를 잡은 화자는 만족하였는가? 마지막 연에서 새는 살았을 때의 아름다움과 생기를 잃고 죽어 있다. 새는 아직 덜 자랐고 구워도 낙엽처럼 뼈째 부스러져서 먹을 것으로서의 가치조차 없다. 화자는 원하던 것을 쏘아 맞추었지만 만족을 얻지 못한다. 왜냐하면 새 목숨의 가치는 새에게만 중요한 것이었기 때문이다.

여기서 독자는 새를 쏘아 맞춘다는 것이 상징적인 행위임을 깨닫는다. 사냥은 윤택수 시인에게는 꿈을 좇는 과정이며, 그 꿈은 세상의 가치로서는 그다지 높은 것이 아니고, 그러기에 그 꿈을 이루었을 때도 허무를 느끼는 것이다. 하지만 시인은 다시 꿈을 좇아 모험을 하는 일을 그치지 않을 것이다. 그것이 모든 시인이 가진 기질이기 때문이다.

3. 고립과 사랑

윤택수 시인의 시 속에는 '고립'의 이미지가 늘 들어 있다. 그의 '고립'의 문제란, 세상과의 단절이라든지 여인과의 사랑 등이 다 포함된다. 고립을 해결하기 위해 그는 편지를 쓰기도 하고 편지를 기다리기도 한다. '편지'란 윤택수 시인이 세상과 사람들과 교류하는 유일한 방법을 상징한다. 그런데 그 편지는 자주 오지 않는 것으로 되어 있다. 관계 맺기에서 그가 소외되었다는 증거이다.

> 눈이 왔다
> 그 너울을 뚫고
> 노간주나무들이
> 숨죽인다
> 허우대 멀쩡한
> 노간주나무
> 짜랑짜랑한
> 솜털 일렁이는
> 노간주나무
> 오지 않는 편지 기다리고
> 추억의 외로운 노래 부르고
> 황폐해져서
>
> ―「간통 시집 1 - 노간주나무 노간주나무」전문

윤택수 시인의 시 속의 계절은 겨울이 제일 많다. 겨울은 폐쇄된 계절이며, 따라서 고립을 표현하는 데 가장 적합하기 때문인 것 같다. 노간주나무는 세상과 동떨어져 있는 외로운 시인 자신과 동일시된다. 편지는 오지 않고, 즉 외부 세계와 점점 멀어지고, 그는 추억밖에는 붙들 게 없어진다. 마침내 마음까지 황폐해진다. 시 「간통 시집 3 – 주유소」에서도 그는 노래한다. "나는 놀고 먹었다 / 쓸데없이 눈만 쓸었다 / 아아 편지만 온다면"이라고.

  세상에서 소외되었다는 것, 사랑이 결핍되었다는 것은 가장 기본적인 행복에 대한 조건이 결핍되어 있다는 뜻일 것이다. 따라서 사람은 누구나 사랑을 갈망하며, 그 사랑을 주고받을 수 있는 관계를 바란다.

여러 가지 아프고
아픈 자리에
어느 꽃무늬 진 사랑이 와서
뭇 나무들 들릴락 말락
기침하누나

—「박물지 18」 전문

사랑은 시인의 마음을 흔든다. 여러 가지 아프고 힘든 사연이 있을 때 더 그렇다. 하지만 그의 작품 속에 나타난 사랑은 주고받는 사랑이 아니라 대개 뒤편에서 지켜만 보는 형태의 사랑이다. 「꽃다발 꽃다발」에서 사랑하는 여인에게 줄 꽃다발을 만들면서 그녀가 그것을 받지 않으리라고, 그래도 괜찮다고 중얼거리는 일이 그렇고, 「고른 숨결의 사랑 노래」에서 곧 다른 남자에게 시집갈 여인에게 "저는 당신의 친구입니까"라고 반문하며 몰래 우는 모습도 그렇다. 그의 사랑은 알아줄 때까지 조용히 길가에 피어 기다리는 풀꽃 같은 사랑이며, 사랑하는 여인의 집 뒤뜰에 돋아 그녀가 일하는 모습을 바라보며 혼자 그리워하는 허드렛풀 같은 사랑이다.

물론 그도 주고받는 사랑의 결실을 기원했으리라. 드물게 그러한 사랑을 그린 시도 있기는 하다. 「가슴 저린 오얏 향기의 시절을 기리는 노래」라는 긴 제목의 시에서 그는 함께하는 사랑을 노래한다.

> 그날 그가 내게 말을 걸었다
> 너였구나 여릿여릿 조그만 넋이
> 나는 두리번거렸다 누가 그의 말을 들었을까 봐
> 떨면서
> 그가 웃었다 무구하고 호젓한 울림

눈 감지 마 너와 나는 서로 움집이야
나는 너를 감췄다

— 「가슴 저린 오얏 향기의 시절을 기리는 노래」부분

영혼과 영혼의 울림을 함께 듣는 신기한 순간을 이 시는 그리고 있다. 넋이 넋을 부르고, 서로가 운명적인 사람임을 인정하는 순간의 달콤함이 스며 나오는 듯하다. 그는 때가 오면 "그를 닮은 아들을 낳아 삼나무처럼 거만하게 키우리라"라고 즐거운 미래까지 상상한다. 그러나 이러한 작품은 고립을 노래한 작품들 속에서 거의 유일하게 존재하는 것 같다.

「빨치산 국화」는 세 편의 연작으로 되어 있는데, 고립의 상징을 가장 잘 반영하고 있는 작품에 속한다. 다른 설명은 없지만 이름 없이 죽어 산 속에 묻힌 역사의 희생자들을 제재로 빌어 시인 자신의 사랑의 좌절을 노래하는 듯한 이 작품들은, 이 계열의 다른 작품들처럼 소외에 대한 두려움과 기약 없는 기다림을 서정적으로 표현하고 있다.

4. 가족의 가르침

가족이란 험한 세상에 나가기 전에 자식들을 지혜롭

게 가르쳐 사회에 적응할 수 있도록 돌보는 교육의 장이기도 하다. 윤택수 시인의 시 속에도 가족과의 관계에 관한 시가 여러 편 눈에 띄는데, 자식과 부모 세대 간의 끈끈한 유대와 생활의 지혜에 관한 가르침이 인상적이다.

> 칼자국이 무너진 떡을 먹지 말아라
> 동생하고 싸우지 말아라
> 사발통문에 서명하지 말아라
> 한 권의 책으로 창과 방패 일습을 마련하지 말아라

—「박물지 29」부분

'칼자국이 무너진 떡'을 먹지 말라든지 '코로 숨쉬라'든지 하는 가르침은 시인의 어머니 말씀 같고, '사발통문에 서명하지 말라'든지 '한 권의 책에 기대지 말라'든지 하는 가르침은 시인의 아버지 말씀 같다. 아무튼 이러한 생활 속의 가르침은 시인이 세상에 올바로 서기 위하여 매우 현명하고 유용한 기초가 되었을 것이다.

또한 인상적이었던 작품이 있다. 윤택수 시인의 시의 보통 때의 화법과는 조금 다른 평이한 서술체로 된

이 작품은 잔잔하면서도 어머니의 사랑을 감동적으로 전달한다.

위병소에서 경계 근무 중이었어요
옆 논에서 새 새끼 한 마리가 걸어 나왔어요
김병장이 경제적인 동작으로 그를 붙잡았어요
뜸부기 새끼다 좀 있으면 어미가 찾으러 온다
나는 반신반의했어요 아무려나 미물에 불과해
그때였어요 어둑어둑한 대기가 환해지면서
새끼 새가 나타났던 자리에 어미 새가 떨며 서 있
었어요
니오베의 자세가 그러했겠지요
나는 가슴속에 느낌표를 찍으며 바라보았어요
김병장이 포로를 놓아주는 모습을
새끼 새는 어미에게 맞았겠지요 틀림없이

―「박물지 8」 전문

시인의 군대 시절에 겪었던 에피소드에서 빌어 온 이 작품은 본능적인 모성의 위대한 힘을 보여 준다. 시인의 섬세한 눈은 사로잡힌 자기 새끼에 대한 걱정 때문에 인간이라는 커다란 괴물들 앞에도 나설 수 있는 어미 새의 용기에서 '어둑어둑하던 대기가 환해지는' 것을 본다. 그리고 마지막 줄의 첨가가 애교 있다. "새끼 새는 어미에게 맞았겠지요 틀림없이"라는. 이것은 심하게 놀랐던 어머니가 새끼에게 가벼운 체벌을 가하는 모습에서 따뜻한 정을 보는 것인데, 아마도 어린 시절의 시인과 어머니와의 관계에서 오는 연상일 것이라서 재미있다.

그 외에도 「찬가」「끝없는 이야기」「금강산 포수」「박물지 42」 등에서 시인은 가족과 어린이, 특히 아버지와 아들 사이에 오가는 가르침과 사랑에 대해 언급한다. 특이한 것은 이 시인이 아들이 자신보다 훨씬 멋진 남자로 커 줄 것이라는 강한 믿음을 표시했다는 것인데, 이것은 보다 밝고 자신 있는 신세대가 지배하는 시대가 올 것이라는 희망의 메시지를 담고 있는 것은 아닐까.

5. 결벽한 시 쓰기

윤택수 시인은 시 「머나먼 통의 노래」에서 "모두들 잘 있어라 / 학교가 끝나면 / 시인이 되고 싶노라"라고 노래했다. 그는 이미 시인이었지만, 그 고유한 결벽성으로 인해 문단에 이름 올리는 것을 서두르지 않았었다. 그가 교사로서 '학생이 찬탄하지 않는다면 교사 자

격이 없다'고 자조한 것처럼, 뜻이 높았기 때문에 시인
으로서도 스스로 이름을 낼 때가 아직 아니라고 판단
했던 것은 아닌가 싶다.

통이 되고 싶다
나무판자의
양철의
너의 이름이 무엇이냐
하고 물으면
통이어요
대답하는 통
통이 되어
안에 담고 싶다
참깨의 기름
한 알의 참깨 안에
심지는 노래하고
심지가 내는 빛이여
고래의 기름
꿈과 반성 끝에 이룬 자유의 그물이여
돌의 기름
불이여
우리들 살림의 아침과 저녁마다

구워 먹는 감자의 소금의 기름
내일의 기름
내일의 트럭이여

— 「머나먼 통의 노래」 부분

'통이 되겠다'는 시인의 말은 '시인이 되겠다'는 말과 같다. 시인이되, 안에 다음과 같은 것들을 담은 시인이 되고 싶다는 말이다. 참기름처럼 불빛을 내는 시, 대양을 헤엄친 고래의 자유를 담은 시, 사람에게 끼니가 되고 따뜻함이 되는 석유 같은 시, 내일을 위한 준비가 되는 시…. 그는 이처럼 의미 있고 실체가 있는 시를 쓰고 싶다고 노래하는 듯하다.

그러나 이 시대의 시인이 다 비슷한 괴로움을 겪듯이, 아니 동서고금의 시인들이 모두 그러한 회의를 겪었듯이, 시를 쓴다는 것이 가끔은 이 번잡하고 삭막한 세상에서 무의미한 일처럼 느껴진다. 그러한 회의도 그는 썼다.

말을 다루는 기술은 먹을 수 없는 새를 쏘는 기술이다
나는 말과 침묵을 버무린다
나는 불안하고 가냘픈 것들을 노래한다

일에 지친 자와 일이 없어 지루한 자에게 질문한다
나는 입을 다문다

— 「재난과 기아」 부분

　시인이 할 수 있는 일은 말하는 일뿐인데, '정치에 관한 말, 분배에 관한 말, 절망에 관한 말'을 하면 세상을 지배하는 자들은 그 말에 노한다. 그렇다면 말을 다루는 기술이란 시인의 말대로 '먹을 수 없는 새를 쏘는 기술'처럼 쓸모없는 것이라는 말인가? 여기서 윤택수 시인의 시에 등장하는 '새를 쏜다'라는 상징적 행위에 관한 의문점이 풀리는 것도 같다. '새를 쏜다'는 말은 '시를 쓴다'라는 말과 동의어일 수도 있음을.

　사실 가진 것이 많은 사람들은 시를 읽지 않을지도 모른다. 시인은 불안하고 가냘픈 것들에 대한 대변자이며, 지친 자들에게 인생에 관해 질문하는 자일지도 모른다. 그래서 가끔 시인은 자신의 말이 무의미한 것이 아닌가 회의하며 입을 다문다.

　하지만 그것은 무의미한 일이 아니라고 우리는 확신할 수 있다. 시의 존재 의미는 분명 생명이 짧고 아름다운 것들, 약하고 불안정한 것들에 대한 애정을 우리에게 다시 한번 불러일으키는 데에도 있는 것이 아니

겠는가.

그렇다고 한다면 윤택수 시인이 이 삭막하고 복잡한 시대에 태어나 사람 눈에 띄지 않게 몇십 년 조용하고 겸손하게 살면서, 가냘프고 불안정한 것들에 대한 110여 편의 아름다운 시를 남기고 갔다는 것이 어찌 의미 없는 일이겠는가.

아쉽게도 나는 가까이 살면서도 윤택수 시인과 마음을 터놓고 이야기 한 번 나눌 기회가 없었다. 그는 「박물지 10」에서 "하늘에는 별 / 땅 위에는 술집"이라고 노래했는데, 그가 아직 살아 있다면 땅 위의 별 같은 작은 술집에서 술 한잔 받아 주련만.